オーバーラップ

オーバーラップ

――飛行あるいは夢見ること

加藤有希子

水声社

目次

オーバーラップ——飛行あるいは夢見ること

お伽話。遠い昔の記憶。わたしはあなたのために目を覚ます。今日この日、この選ばれた日。あなたが物語をその血にかけて欲するように、わたしはあなたの臓腑に纏わるあなたの物語を欲している。語られないで死んでしまう物語などあるのだろうか。世界を埋め尽くす物語を、絹糸のようにつづく甘辛い血の網目をたよりにときほぐす。わたしの仕事、わたしの冒険。わたしは今日、あなたのために夢を見る。

――十一月の新月の夜、ひとすじの青い光が上空に弧を描いた。いや、光なのかもわからない。深い闇をたたえる空気が一瞬、ただひとすじ薄くなった。十一月の夜空に懸ける願いは叶う。僕は経験的にそのことを確信した。経験的？　なぜそんなふうに思わねばならないのだろう。僕はその光といつしか一体となった。なぜだかわからない。わからないように目を伏せた。けれど僕はそれを欲していたのだ。僕は憧れた。激しく、拗けるほどに。餓えた鮮血が黒く塊り嫉妬するほどに。その欲望が見つめる先にあったのは、青と白の透明なセスナだった。空気のように軽くひんやりとしたセスナ。冷たく輝く機体の表面に無数の星々の幽かな光が流れ、高速ですべり墜ちてゆく。機体は急上昇した。僕は祈った。何を？　そんなこと知るもんか。そもそも何かを祈るなんてことがあるのだろうか。存在を懸けて祈る。何かを欲しいわけではないんだ。星の光を地面に散らし、機体は信じられない角度で夜闇を切り裂いた。僕は激しく動揺した。「そんなに好きなら仕方がない」。機体は空中で数回横転をくりかえし、白樺並木の合い間に着陸した。砂埃が十一月の夜の空気をわずかにゆらした。僕は泣いていた。いや、泣いていたのは君かもしれない――

千尋、図書館で血にまみれるの巻

世界中の人々が憎悪を燃やすアメリカの空は思いのほか綺麗だった。それがこの国に来て最初に思ったことだった。世界の嫉妬と嘲笑と怨念をがぶがぶ呑み込み、小学生のような良心で世界を苛つかせ続けるアメリカの地は、あっけらかんと美しかった。いわゆる悪魔的美しさの対極にある。この地では、手の込んだ罠や悪意は地上に生い茂ることを赦されなかった。意地悪すらも正直で、嘘すらもバレバレだった。敵意は良心を盾に相手をまっすぐに貫く。お世辞も悪意も同じだった。ただあっけらかんとしていた。しがらみがなかった。恒星だろうか。誰かが言うように。いや、そこまで崇高でもないのだ。

サンドイッチを食べながら、千尋は五月の空をながめた。随時キャンパスのどこかで開かれる小さな学会で余ったランチボックスを今日は運よく手に入れることができた。いろいろな野菜が幾重にも巻き込まれたベジタリアンのためのラップサンド。有機食材百パーセントの文化人的良心が詰め込まれ、オートミールとレーズンでできた皿のようにでかいクッキーが、決して再生されることのない豪華なプラスチックフォークとともに付いてくる。工業的ビニールに巻かれた日本のコンビニの薄いハムサンドが意識の隙をみてふと脳裏に浮かぶ。千尋は軽い眩暈を覚えた。ある種の快楽を伴う郷愁と良心の呵責だった。どちらの国の何を懐かしみ、何が後ろめたいのかよく分からない。たぶん後ろめたいのは自身の所在なのだ。いまここにあること。この左うちわ的知識人の良心と健康への近代的希求を一手に背負った食物をタダで頬張ること。環境破壊の元凶でありながらどういうわけかそれとは無縁のこの空の下で。永遠に続くと思われるこの真っ青な空の下で。「自然である限り善であり美しい」という明らかに偽のテーゼをグリーンピースの輩のように思わず叫んでしまいたくなるような、この透明で美しすぎる空の下で——千尋はこの昼の眩暈をひどく愛した。

アメリカの大学人のあいだでは量販スーパー・ウォルマートは悪徳ということになっている。だから私もウォルマートではなく紀伊国屋張り高級スーパー・ホールフーズの有機食品を食べる。そのほうがうまいに決まっている。中だるみ大学院生の千尋は、知識人の符牒をちらつかせたいほどにまだ幼く、しかもうまいものを拒絶してまで反抗心を見せるほどにはもう若くはなかった。「パンがなければケーキを食べればいいじゃない」。そう私はアントワネット。私はたぶんネオナチやブッシュと同じくらい罪深いのだ。世界でもっとも美しいものを八方美人でにこにこしながら奪い去る。暖かくて広くて涼しい部屋、ちょっとアクセル踏めばどこにでも行ける車、巨大な大地をどこまでも愛撫する無料道路、どこにでもふんだんに出てくる水とお湯と電気、まずいと言ったってつねに必要量を大幅に超過している食糧、決してリサイクルされないプラスチックの皿たち、日本より客入りが明らかに悪いのになぜか絶対に潰れないスーパー。地上で考えうるかぎりの極小ストレス状態がもたらす限りなく義務に近い人の好さ。反論はあるだろう。けれどこれは千尋にとってアクチュアリティのあるひとつの風景だった。アメリカに住む人々はみな恐ろしく機嫌がよかった。そういうものが人生にもたらす美味しいものを、なんの理由もなく私は占有するのだ。言っておくが私はアメリカを批判しているのではない。どうしようもなく愛しているのだ。これは懺悔だ。私は快い贅沢が好きなのだ。手に入るものを拒絶する気など毛頭ない。仕方ないのだ。中道左翼のなれの果て。そんなことは百も承知で二十四時間三百六十五日空調ギンギンの図書館に閉じこもる。確信犯。たぶん自分は死んだら地獄に堕ちるだろう。そしたらこの図書館にはもう来られまい。そのときは世界中の本がクリック一つで手に入るこの空調ギンギンの図書館の一席を、今世界で最も苦しむ誰かにあげよう。そんなものは誰も欲しくはないだろうか。そうであってほしい。ホントのところ、地獄の反吐を滴らせてでも、もういちどここに来たいのだから。

しばしの昼休みを終え、千尋はギリシャ風イオニア式の太くて重い柱をファサードにもつ人文図書館に再び入った。これが日課だった。数年前ひょんなことから他人の金でアメリカ東海岸南部の大学院に来ることになった。専攻は西洋美術史。とはいえ欧州主義がいまだ根強い日本の人文畑で育った千尋は、せいぜいヨーロッパ近代美術のことくらいしか知らなかった。再生産性も薄くアメリカとも関係のないこんな輩に投資してくれるとは、殊勝な人々もいるものだった。感謝してあまりある。金に名前がないとはこのことだ。誰に感謝すべきなのかも、何をしていいのかもわからなかった。真のグローバリズムはここに具現する。決定的に無名であること。善意も悪意もすべて無化すること。金満主義万歳。資本主義と共産主義が何十年も対立していたなんて到底信じがたいことだ。金がそんなくだらないイズムのもとにぐずぐずとどまっているわけがないのだ。マルクスほどの男が随分重篤な判断ミスをしたものだ。金がどちらにも与しないことを人は知っている。私のところにおいで。名乗らなくてもいいから。ドアもノックしなくていいから。このアジアの小島のしがない研究者の卵のところにも爪の先くらいは触れておくれ。世界をひとつにしておくれ。千尋は朝から晩まで図書館で勉強した。寄付者への恩義や義理でやっているわけではない。それ以外することがなかったのだ。それが一番楽しかった。あきらかに読破の勝ち目がない大量の本を前にして、毎日少しずつただひたすらに読む。南部の深い緑が空と鋭いコントラストを成すように、千尋の心も本を読むと艶やかで反抗心のある緑色を増して、固い輪郭を描いた。思惟は青い空を超えて遠く漂う。アメリカへの愛と裏切りの証だ。

今日の仕事は十九世紀フランスの点描画家たちの手紙を読むことだった。スーラとかシニャックとかいったぶつぶつで描く奴らのことだ。この図書館所蔵のものと、全米のアーカイヴで集めたものを合わせると、二〇〇〇通ほどあった。ここから博士論文に使えそうなネタをひたすらに拾ってゆく。一週間ほど前から続いている地道な作業で、今日はうまくすれば手元の資料をすべて読破できるかもしれない日だった。ちょっとした記念すべき日。なにせ人の手紙を読むのはとんでもなく骨が折れるのだ。学問上の必要な手続きのなかでも、もっとも不可解にしてやたらに時間のかかる作業——「一八七三年一月十日パリ。いまのところさして具合は悪くありませんが、頭と全身がやや痒いです。もしパリにいらっしゃる機会があれば来ていただけないでしょうか」。「一八九〇年六月三十日。服は赤、緑の壁の背景にオレンジの斑点、緑の水玉がある赤いタピスリー、ピアノは濃い緑、この絵は高さ一メートル幅五〇センチ」。「一八六〇年三月二十五日パリ。私にはひとつだけ不満があります。それはあなたの手紙がいつも短く、ずいぶんなげやりなことです。あなたの手紙をいつもやきもきしながら待っています。あなたの手紙で私は幸せになるのです。だからどうか言い訳しないで、私にちゃんとした手紙を書いてください」。「一八八七年五月十五日パリ。モリゾ夫人はよい仕事をする。彼女は進歩も後退もしていない。ホイッスラーはとても芸術的だ。彼はショーマンでありながら芸術家でもある。私自身の仕事に関しては、やや疑問が残る。それは仕方のないことだ。けれど私はたしかに進歩してきていると思う」。「一八八三年三月パリ。私は君にMの家に関する本六冊のための小切手を送ります。私に受取を送ってください。薬もついでに郵便で君に送ります」——変な疲労が体に残り、脊髄がじんわりとする。おまえらなぜこんなばかばかしいことばかり書くんだ。こんにゃくとおからととうふとうどんを混ぜたような気分になった。そのくせ千尋は本当に正確に読めているのか手紙を読むたび不安になった。「お客さん、こんなか入っとる豆腐は京都のごっつ名ぁ売れとる老舗のもんでっせ。気づかんで呑みこんでもうたのでっか。これだからものしらん関東のお客はんは困りまんなあ」。よくわからない私製の関西弁が口をついて出てきた。横浜生まれの千尋にはなぜか関西弁は空恐ろしく底なしの響きをもっていた――「本当は何も分かっていないのではなかろうか」――第三者として手紙を読むとき、決まってこのえも言われぬ劣等と不安の洞窟が口を開いた。おまえらいったい何を刻んでいるんだ。手紙が刻み得るものは何なのか。近代が生んだプライベートという不可思議なトポロジー。いとしき密通よ。おまえは決して日の目を見まい。それが密通である限り。詮索好きの学者が図書館の外にうっかり秘密を持ち出さない限り。幸せのように危うく薄い便箋が場違いな学者の足に貼りつかない限り。懺悔や断罪や告白や英断は深く深く沈潜する。それが秘密であるということすら気づかれないように。秘密は最も普通の顔をして図書館の奥の製本された愛しき日常の匂いとともに隠れている。たぶん、いやきっと。

今日の最後の手紙――「ル・アーヴル。一九〇三年九月二十四日木曜日。私の愛しのジュリーへ。二十六日にここを発つつもりだ。この日が妥当だろう。ただ、ヴァン・デ・ヴェルデが僕のところに四〇〇〇フランの絵に興味がある熱心な愛好家とその妻を連れてくるはずだ。もし万一その夫人が今日来なかったら、二十七日まで待たねばならないかもしれない。けれどやはり二十六日を考えておくほうがよいだろう。午前十一時頃に帰る。あなたにキスを。君の愛する夫より。C・ピサロ」――ふー、これで終わりだ。二十六日、二十七日、四〇〇〇フラン。

これは少なくとも千尋の研究のネタにはならないだろうが、最後を締めくくるにはなかなかよい手紙だった。手紙という文学が醸し出す曖簾に腕押し気分を結晶化している。愛する者同士は無意味なことを語る。これぞ手紙の神髄。くされ縁夫婦の絆を守る寡黙な老ユダヤ人画家最後の手紙。愛しているかいないかはもはや問題ではない。その超越的場にこそ関係は存在する。愛が成立しえないかもしれないという懸念を凌駕し橋を架けること、そこから手紙は始まる。懸念に負けて真に愛してしまったとき、手紙は終わる。愛の可能性が永遠の愛に変わるまで、手紙を交わそう。それが手紙だ。フェリシタシオォン。嬉しい。仕事に一区切りつくというのは何にしてもいい気分だ。クールミントのように爽快だ。しかもまだ午後五時。今日はバスタブにお湯を張って、チョーヤの梅酒でも飲もう。千尋はポータブルパソコンをカバンにしまい、颯爽と図書館の出口に向かった。今日もまたあの真っ白なファサードをくぐるために。

まだ小さい頃、日本以外の場所を知らなかった頃、雨が降り、庭にできた水たまりを雨水が打つたびに、千尋は深く重い憂いに囚われることがあった。雨が降るたび、自分はきっと雨の日に死ぬのだろうという漠たる想いを日々塗り重ねていった。その想いは冬の海のように深く黒くもったりとした液状で、肌を通じて全身を包み、重くゆるやかに体内に浸透していった。

いたたまれなくなり泣きじゃくると、そのたびに母がやってきて「どうしたの、ちひろちゃん」と抱き上げた。その頃、千尋の体は母の胸から頭までほどしかなかった。訊かれるたびに「なんでもない」と答えた。母の腕と胸はふっくらと、そしてすこしひんやりとしていた。千尋は母のことが好きだった。母に抱きしめられるとその海のように重く濡れた想いは真夏の正午の海岸のようにあっさりと蒸発した。成長するにつれその雨の日の深い憂いは次第に消えていった。もはや想い出そうとしても想い出せない。興味本位であの頃の想いを導き出そうと試みたこともあったが、とても無理だった。たぶん最後にそれが襲ってきたのはもう二十年以上も前になる——しかし今日、いまこの瞬間、いやそしてと言うべきなのだろうか——千尋は再びかつての深い憂いに囚われた。何の前触れもなく、突然に。ギリシャを模した、ギリシャよりも巨大で、ギリシャよりも白く、ギリシャよりも楽天的なファサードをくぐり、図書館を出た瞬間だった。空は青く透明だった。いつものアメリカのように。

その日の夕方、千尋は夢を見た。疲れで睡魔が襲う瞬間、五月の生暖かい風が露になって生まれたばかりの緑を濡らす黄昏だった。図書館の棚にところ狭しと積み上がる本のあいだからだらだらと血が流れ出る夢だった。千尋は開架の書庫にいて何かの本を探していた。なんとなく気分が悪かったが、自分の研究にとってきわめて重要な本を探さねばならないと躍起になっていた。これがなければ私の知の探求が終ってしまう。その本のことを想うと激烈な悲哀に襲われ涙があふれた。その本がなければ私は枯れ果て疲れ果て置き去りにされて死んでしまう！私の大切なものをこんな分かりにくいところにしまいこむなんて、なんて意地悪な図書館なんだろう。激しい咽喉の渇きに似た憤怒と焦燥と自己憐憫が千尋の全身の臓腑を絞めつける。けれどいったい私は何を探しているのだろう。深く入り込むほどにますます混乱し、しかもその本への欲望は狂おしいほどに増していった。複雑に入り乱れる書庫を激しい渇きを癒すためにただ突き進む。奥に入るほどに本の間から流れ出る血の量が増し、千尋の体に纏わりついた。最初に血の存在に気づいたのは自分の足跡を見たときだった。丸っこくて子供っぽいボーリングシューズの靴底がくっきりと地面に足跡を残し、足を動かすたびに半乾きの血の粘力が千尋の足を捕らえた。微細で執拗な粘力。千尋の足は一歩一歩血の欲望に惹きつけられた。足先の粘力が両脚を昇り股間でこすれあう。次第に千尋は体の芯に愉悦を覚えて、もはや足を止めることができなくなった。強く惹かれるほどに愉悦が増した。もっと奥へ行かねばならない。もっと階下へ行かねばならない。血は次第に深さを増し、千尋のふくらはぎから太ももを濡らした。泥のような赤黒い液体は千尋のまわりに重くたゆたい、下肢を毛布のように包んで、その人肌の熱で肉体と魂を誘惑した。赤く溜まった液体に手を伸ばして口に含むと、甘辛い血の味が舌を焼き付け、その血は唇から漏れて首から腕を伝え落ち、腋と乳房のくぼみへと流れ込んで体にべったりと貼りついた。血はゆっくりと表皮に絡み、千尋の全身の体毛を一本一本捕らえてゆく。ゆるやかにそしてしだいに堅くゼリーのように全身の皮膚をしめつける。千尋は裸だった。固まる血をふり払おうと体を動かすと、新たに溢れ出る生暖かい血が肌に流れ込み裸体を執拗に包んだ。もうだめなような気がした。この血の底にきっとその本はあるのだ。千尋は倒れこみ、顔を血だまりの中にうずめ、口をあけてどろどろの重い液体が体内に入るままにし、力尽きてついに仰向けになった。自分は血の中に沈んでいるのだろうか。視界を埋める赤い泥の向こうに、はるか上方の白い天井がぼんやりと浮かびあがった。曇りガラスを通した天井の淡い日の光が、血とともに千尋の裸体を重く包む。乳房と膣と指に纏わる熱は自分が裸で無力であることを告げた。重く赤い液体は千尋の体を皮膜のように執拗に圧迫し、唇の隙間から咽喉の奥底へと引力に曳かれて淫らな遅さでゆっくりと這ってゆく。鉄と塩の味が歯の間に流れ込み、舌に絡んで、嘔吐にも似たもはや抵抗できない快楽が全身を鈍痛のように幾重にも襲った。血は千尋の細胞の皮膜をひとつひとつ破り、ふたつの異なる存在の血が千尋の体でじわりとしかし運命的な執拗さで混じり合った。熱は舌を重ねるように増し、遠くから深く暗い瞳が千尋を見つめている。咽喉の奥が激しく脈打つ。千尋は鉛のような重苦しく熱い快楽に下腹部の筋肉を波打たせて、深く長い嗚咽を漏らした。あたりは血の海だった。

目を開けた時、意識は先鋭だった。かすかな夕日に照らされた初夏の緑はあまりに深く、記憶に残る血の緋色が瞼の奥で重く淫靡に対比された。光が弱まった夕暮れ時に緑は最も深く美しくなるというかつて色彩論の講義で聞いた話がふと思い出され、呆然として外を眺めた。体温と一体化するような初夏の湿った空気。脈がみだれて肌の境界が定かではなかった。存在の軸が膨張し、つぶれたいくらのように千尋は放心した。何か決定的なものと交わったのかもしれない。漠然とした底なしの不安が襲った。透明な体液が溝を伝い千尋の膣から背中をびっしょりと濡らしている。こういうのを淫らというのだろうか。しかし淫らと言うにはあまりに鮮烈で自己犠牲的だった。あの赤も、この緑も。色彩がその輪郭のない犯罪性で個体を凌辱した――存在が、私の存在が、何か本質的な危機に晒されていた――アメリカの図書館でなぜこんなものに出遭わねばならないのだろう。デュオニュソス的影を注意深く取り除き、ギリシャの空の底抜けの青さだけを模したあの場所で。本も柱も並行にすくすくと伸びる世界で最も秩序だったあの場所で――千尋はなんとなく、しかしある確信をもって、このことは絶対に秘密にせねばならないと思った。

飛行機乗り、空を飛ぶ。デッドエンドにて

僕はどんづまりの家に生まれ、どんづまりの家に育った。森の中の家へ通じる狭い路地には、Dead End と書かれた黄色い標識が立っていた。僕は毎日それを眺めて育った。美しい家だった。僕はその場所とそこにあるあらゆる存在をひどく愛した。僕らの家は深く濃い緑にかこまれ、裏には透明な小川が微かにゆれるように流れていた。昼には天使のような鹿たちがあらわれ、夜には青白く光る蝶が夜闇を埋め尽くした。あわいピンクの薔薇が咲き乱れて春を告げ、夏にはクチナシの白い花が雨に濡れて甘い香りを漂わせていた。秋の輝くような金色の落ち葉は動物たちの体を温かく包み、冬の雪はそこに住む生き物にいっそうぬくもりと近しさを与えてくれた。そこではすべてはやさしく、すべては調和していた。あまりに心地よく、あまりに

完全だった。僕は幸福だった。ねえ、デッドエンドに生まれた人間がすべきことって君は何だと思う？　ひょっとしたら生まれてこなければよかったのかもしれないね。けれど僕は生まれてしまった。時が止まったその国に住むこの上なく祝福された住人たちと同じように。僕はあの場所で少しずつ大人になっていった。どのぐらいあの綺麗な場所にいたのだろう。僕にはわからない。誰にもわからないんだ。僕はあの場所で生まれ、あの場所で死ぬと思っていた。だって僕はあの森を誰よりも愛していたのだから。

ある日、いや、あの日と言ったほうがいいのかもしれない。わずかに汗ばむくらいの熱をもった光が緑に射しこむ夏の初めの日、僕は二枚の大きな薄い葉が日射しに透けて重なり合うのを見たんだ。二枚の生まれたばかりの葉が空気を隔てて重なりあって、その厚みがほんのり濃い新しい緑をつくりだしていた。白く輝く細い葉脈が互いに乱れて布地のように見えた。僕は憧れた。とても静かな、本当に静かな淋しさが、そのとき僕の心の中に沁みこんできたんだ。息を吸うと真冬の晴れた日のような透きとおった空気が僕の体のなかを満たした。僕の心は山頂の空気をいっぱいに吸って張りつめた風船のように、静かで冷たい緊張感に満たされたんだ。

その日の夕方、僕はお父さんとお母さんが鳥たちを見るために窓辺に置いていた双眼鏡をもって、さよならを言わずに家を出た。どうしてもそうしなければならない気がした。最後に見た森は、僕の涙で歪んでぼんやりとゆれていた。すべてがあまりに輝いていた初夏の日の午後だった。鳥や蜂や蝶たちが夏の森の祝福を待ちきれない様子で飛び交っていた。花たちは自分たちの魅力を隠しきれない様子ではじけるように咲いていた。夏を予感させる生暖かい空気が彼らをしっかりと抱いて夏の湿った夕闇を待っていた。それ以来、僕はあの家には戻っていない。戻りたくても戻れなかったんだ。それがなぜなのか、僕には決してわからない。こんなに愛しているのに、どうしても帰れない理由なんて、僕にわかるわけがなかった。お父さんとお母さんは、いまごろあの家で何をしているのだろう。僕はひょっとしたらあの頃のふたりと同じくらいの歳になっているのかもしれない。僕のことは覚えているのだろうか。僕がいなくなって泣いているかもしれない。僕はあのデッドエンドで過ごした日々を片時も忘れたことはない。今でもあの家に戻りたいと思う。僕はお父さんとお母さんと過ごしたあの場所をあまりに深く愛していた。僕の心はいまでもあの森の奥深くに埋まっているんだ。

こうして僕は空を飛ぶことになった——僕はあのデッドエンドを想って世界中を飛ぶことになったんだ。あの家に生まれてこなかったら、決して空を飛ぶことはなかっただろう——図書館で幽霊を相手にしているお嬢さんとは話がちがう。すべてを背負って、僕は飛んだんだ。僕がデッドエンドで手に入れた泣きたいくらいに美しいものをすべて詰め込んで、僕は飛んだ。でも飛んで一グラムだって荷が軽くなったことはないんだ。自由を欲しかったわけではないんだよ。すべてを、僕にまつわるすべてを背負いたかった。償いたかったのかもしれない。何を？　そんなことは僕にもわからない。でも僕はそれくらい人生とあの置き去りにした森を愛していた。シートベルトとヘルメットで小さな機体にがんじがらめにされて、僕は僕の人生にできるだけしっかりと結びつけてもらいたかった。人生に体を密着させたかった。そしてできれば交わりたかった。皮膚が溶けるくらいに。それができたかどうか僕にはいまでもわからない。多くを失い、多くを傷つけた。でも僕がいままでしてきたどんな飛行も、どうしようもなく美しかった。

千尋、ぶつぶつを探すハメになるの巻

「ハイ、チヒロ」——その教授はまるで偶然の出会いであるかのように、千尋を呼びとめた。美術史学科の教授の中でとりわけプラクティカルで手際のいい彼女。釣り目で存在がプリプリしていて抱きつきたくなるような肉感だが、なかなかガードの堅いプロフェッショナルだ。

「ねぇ、チヒロ。ちょっと頼みたいことがあるんだけど」

千尋の胸にさわさわとさざ波がたった。小学校の裏庭の池にあわい北風が吹きぬけたときのような冬の波紋だった。その教授は用のある時以外はものを言わない。冷淡や無愛想という意味ではない。彼女の発話は常に機能性に依拠している。彼女は善意の人である。無駄話を含め彼女の発話には何らかの善なる目的があった。学生のレベルを上げること、専攻の評判を上げること、就職を世話すること、いい研究者を育てること、彼女の研究が学術史に何らかの貢献をすること。彼女の行為の先にはすなわち常に高天原があった。あらゆる発話がローマに通じ、心身二元論の如きヤワで鄙びた哲学を斥けた。心なんてあなたには見せないわ。まず行為すること、それが肝要よ。心は行為とともにある。私の心は外付けよ。プラグマティズムの国、アメリカ。世界に働きかけない限り、言葉を発してはならない。その軽いテイストとは裏腹に、それは浅はかな表層性とは激烈に対立していた。このうえないラディカリズム。革命である。何かを根こそぎにすること、世界に働きかけること、世界の均衡をやおら破ること。行為主義、二十世紀に生まれた恐るべき哲学。彼女が言葉を発するとき、世界は必ず動きだす。

何かしら不穏なことが待ち受けている。千尋にはそんな気がした。しかしこの発話をいったいどんなふうに斥けられるというのだろうか――「ねえ、頼みごとがあるんだけど」――何かわからない頼みごと。頼みたいのは彼女だ。つまりこれは彼女の問題なのだ。しかし、私には一切の頼みごとをしないでくれ、とどうして言えるだろう。あらゆる存在はプラグマティックな問いかけに対して決定的に無力なのだ。断ろうが引き受けようが、まずはその矢を受けねばならない。しかして彼女の放った矢は千尋を刺し貫いた。ここで彼女の問題は決定的に私の問題となる。

「チヒロは点描の研究をしているでしょう?」

千尋はカミーユ・ピサロというフランスの画家のことを調べ上げて学位を取ろうとしていた。ドクター・オブ・フィロソフィ。知を愛するドクター。すなわちPh.D.。千尋は青春の貴重な五、六年をこの一人の地味な印象派画家と共に過ごそうとしていた。その画家はとりたてて才能があるわけでも、面白いわけでも、おしゃれなわけでも、奇人なわけでもなかった。徹底もしていなければ、透徹もしていなかった。ときどきぶつぶつで描いたかと思うと、すぐやめた。いつも愚痴をこぼし、才能のあるとは言い難い自分の息子にしつこく手紙を送りつけ、画家としての教育的指導を日々繰り返した。現状不満を抱える妻が家庭菜園で節約した生活費を善意の名のもとにアナーキストに寄付したうえに、彼女の目くじらをよそに自分の生徒に無報酬で絵を教えた。さらに困窮するといつも追い打ちをかけるように妻との間に子供が生まれた。妻がいくら苛立とうとも、それを決まって受け流し、ついに何事もなかったように彼女に添い遂げおおせた。なかなかもって確信犯的人生。しかしながら山場ゼロ。千尋は日本からわざわざ他人の金でやって来て、もう黄昏かもしれないアメリカで、この欧州の冴えない画家のことを研究した。冴えないのはこうなると千尋の人生のかもしれない。「点描の研究をしているでしょう?」そうだ、そのとおりだ。しかし私はいったい何を知ろうとしているのだろう。なんだかそんなことを面と向かって言われると、まるで責められているような気すらしてきて呼吸が荒くなった。長年の報われない大学院生活で根性が拗けてしまったのだろうか。まったく垢抜けない。もともと山場のないものに山場を付け加えるなんて所詮無理な話なんだ。千尋はなんだか急に腹立たしい気持ちになって、やや不機嫌に頷いた。そうだ、私は点描の研究をしている。もちろんこれは私の問題だ。だからこそ腹が立つ。血液が酸味を帯びて、血管の中でしゃわしゃわ泡立つような幻覚に陥った。いや幻覚ではないのかもしれない——しかし千尋の幼児的苛立ちなどあっさりと無視し、行為主義者のその教授は高天原への次なる一歩を踏み出そうとしていた。そういうところがあなたの美しいところだ。

「私が次のプロジェクトで扱う日本人デザイナーの＊＊＊が生前、点描のイメージをたくさん集めていたのは知ってる? 先週、日本の図書館から送られてきた資料のなかに、点描の写真がすごくたくさんあって、それがどこから来たのか突きとめて欲しいのよね。作品の全体像があるものはほとんどなくて、だいたいは点描絵画の断片なんだけれども。もちろん謝礼は用意しているわよ。大学の研究費から時給一五ドルを払おうと思っているんだけど、どうかしら?」

千尋はその教授が口にした日本人デザイナーのことを思い出そうとした。名前はちょっと聞いたことがあるが、ほとんど彼のことは知らなかった。化粧品パッケージに貼りついた抽象的な女の描写が思い出された。たぶん私が知っているくらいだから、あれが彼の代表作なのだろう。当の作家については何も知らない。しかも千尋が思い浮かべたその作品は黒インク一筆書きの線描作品だった。屈折している。あんな線を引きつつ点描を集めるなんて。それともあの有名なロゴ以外は点描風の作品なのだろうか。

ごたごた考えているうちに、その教授はおもむろにカバンからCDを取り出した。違う。よく見るとCDではない。DVDだ。一層で四・七ギガバイド、二層で八・五四ギガバイト。これはただならぬバイトだ。叙事詩的長編映画の定番が映画に疎い千尋の心にすらどこからともなく浮かんできた。「ベンハー」、「アラビアのロレンス」、いやいやヘタをすると「クレマスター」かもしれない。ピーター・オトゥールのバチバチギラギラの睫毛が指に絡んでくる気がして、生来気の小さい千尋はより一層怖気づいた。気が小さくなければ研究などしないものだ。しかも「点描の断片」と来た。フラグメンツ・オブ・ポインティリズム。点描そのものが断片なのに、さらにそれが断片になったら一体どうすればいいのか。ミッション・オールモスト・インポッシブル。頼んだ本人はそのことに気づいているのだろうか。いや愚問だった。そんなことを彼女が考える謂れなどないのだ。最善の結果を信じて投げること、もしくは先読みすることをあえて断念して投げること。そこに行為主義の最大の美徳と謙遜がある。そうでもしなければ橋など決して架からない。それが行為の真骨頂だ。しかして賽は投げられた。実にプラグマティックに、そして冷静に。カバンからＤＶＤが取り出されたとき、千尋の道は用意されたのだ。引き受けても、断っても、もう元には戻れない。日々世界で繰り広げられるプラグマティックな変革。千尋にもその端くれがついに巡ってきた。

「どれくらいかかりそうですか。いちおう私も自分の研究がありますので」——千尋は仕方なく答えた。これ以外答えようがなかった。

「こんなこと私もやったことないから分からないけれど、半年で五〇〇時間くらいかと思っているの。まあ、一日一、二時間やってくれればいいのよ。期限は十一月までの六カ月間を見ているわ。調査結果を出資元の出版社に提出するのが十一月九日だから、前日の八日までに報告してほしいの。もちろん原則的には時給計算でバイト代は払うけど、まあ最低六〇パーセントくらいは突き止めてくれると嬉しいわね。もちろん結果次第で報酬は弾むわよ。そうね、八割つきとめてくれたら、さらに臨時のお給料をあげるわ。どうかしら」

なるほど結果次第か。目指せ勝率八割。まさか。世の中に勝率八割をキープできる勝負なんて一体どこにあるのだろうか。首位打者で四割弱。優勝球団で六割程度だ。サッカーでも似たりよったり。うーん横綱相撲くらいだろうか。我が出身国の国技。横綱は馬鹿みたいに勝ち続ける。いや彼らは勝ち続けられなくなったら辞めるのだから、五〇〇時間も続く素人仕事の長丁場で参考にすべきではない。しかもここはアメリカだ。さてどうしたものか。

「どんな画家のものとか、ある程度アテはついているんですかね？　モビィ・ディックみたいな大層な名前が付いていると随分探しやすいんですが」

「何言ってんだか」——彼女はそういう顔をした。行為主義者の彼女はミッションを邪魔するものが何であれ嫌いである。プラグマティズムはつねに前を向いて走る。彼女に十九世紀の男根クジラにかかずらっている暇などなかった。課題はいま目の前にある。歩みを止めるノスタルジアは禁物だ。

「うーん、いくつかはスーラとかシニャックだと思うものはあるけれど、見慣れないものも随分多い感じね。私は専門でないから分からないけれど。あと画家のものではなくて工業デザインみたいなものもある感じね。時代も地域もいろいろかもしれないわ」

画家じゃないかもしれない。時代もわからない、場所も分からない。それはあんまりではないか。そりゃあなたは「専門」じゃないかもしれないけれど、私も冷静に考えて「専門」ではない。ぶつぶつを探すことと、ぶつぶつに関して論文を書くこととは違うでしょう？——いや世間一般からすれば同じことです——そうだろうな。やっぱり。世の良識人には学者のいじけた言い訳など通用しないものだ。初学者とはいえ、自分の守備範囲には責任をもたねばならない。研究畑に入ってからどれだけ負け試合をさせられたことだろう。取れないことが分かっていても、守らねばならない。哀しいことにそれが研究だった。世界に降り積もるぶつぶつを探し当てろ。雪のように、火山灰のように、世界を美しく埋め尽くすぶつぶつを探り出すのだ。そんなことの専門家がいるなら、是が非でも会ってみたいものだ。

「やってみる?――Do you wanna do it?――」

矢は放たれた。

「わかりました。やります――Okay. I'll do it――」

ほかに私に何ができるというのだろう。選択肢は肝心な時に限ってそう多くはないのだ。千尋はこれからする五〇〇時間の仕事に想いを馳せた。批評家ジョン・ラスキンの言葉がどこからともなく心に浮かんだ。

「ええぇ色付けさせるには、あんたのお命頂戴するで。そいより安くはつかへんで。ええことやんのは楽やない。二倍三倍、ほんなん甘い。千倍こえるむつかしさ。お命捧げてくれへんかったら、ええカラリストにゃせられへん」（ジョン・ラスキン『素描の要素』一八五七。千尋訳、若干意訳。エセ関西弁バージョン不穏仕立て）

「まいったなあ」——千尋は天を仰いだ。窓の向こうの五月の空は、いつものように青かった。

飛行機乗り、軍隊を脱け出す。波打ち際にて

家を出たあと、僕に行くところはなかった。ただ僕があまりに愛したあの美しい家からどうしても逃れなければならなかった。だから僕は地面を見つめてとぼとぼと歩きはじめたんだ。あの森を出てから、僕はいままで見たこともないような色の道をとめどなく歩いた。煉瓦の道、石畳の道、アスファルトの道、木組の道、砂利の道、鉄の道、芝生の道。僕はいろいろな道が織りなすその模様に心を和ませた。淋しさはいっときも消えたことはなかった。けれど僕の目を楽しませてくれるいろいろな模様は、僕を苦しめていた森への未練と、まだ見ぬものへの強い渇きを、ときどき来る砂嵐のようにかすめていって、忘れ去らせてくれたんだ。

ある冬の日、僕は浜辺の砂地を歩いていた。あんなに白い砂は、僕がいた森にはなかったし、

そのあとの旅でも見たことはなかった。砂浜に打ち寄せる海の波は、硬くて冷たい風に吹かれて少し緊張しているようだった。砂がつくるでこぼこの小山を、僕は下を向いて歩いていた。そのとき、ふと僕の足元に誰かの影が落ちた。僕のゆく道に人が立ちはだかったのは、それが生まれてはじめてのことだった。陸から海に向けて不思議な風が吹いていた。その僕の前に立つ男は、薄い土色の制服のようなものを着た兵隊だった。彼は僕の眼の奥を一瞬見つめ、ふいに僕の手をとった。僕は金縛りにあったように動くことができなくなった。そして彼は穏やかに諭すように言ったんだ。

「君はよくここまで一人で歩いてきたね。そんな大きな穴を抱えて。僕らには君みたいに心に穴がある若い魂が必要なんだ。君は自分の強さをまだ知らないだろう。けれど心に穴があいたやつほど強いやつはいないんだよ。君には才能がある。君は自分の欲がすごく深いことにまだ気づいていないみたいだ。でも僕には海岸線を歩く君の姿を遠くから見ただけですぐに分かったよ。君はいつも地面ばかりを見て歩いていたから気づかなかったのだろう。でも教えてあげるよ。一緒に空を飛ぼう。そしたらすべてが分かるはずだ。君ならできる。繰り返すが君には才能があるんだ。君は今まで私が見た子供たちのなかでも、特別大きな穴をもっている。君の心は焼け焦げた赤銅色をしている。しかも心にひびが入っているんだ。驚くべきことだよ。これ以上望めないほどの人材だ。知らないだろう？　君がもっているようなひびは空を飛ぶにはすごく好都合なんだ。空の上では、その亀裂の間を風が流れるんだよ。それは普通の人間には起こせないような不思議な浮力を生み出すんだ。君くらいのひびならきっと空を縦にも横にも自由自在に飛べるはずだ。こっちが嫉妬したくなるくらいだよ。軍隊の中でも君みたいなひびをもった人間はごくわずかだ。僕は君の出世を保証するよ。どうだい？　やってみるだろう？」

僕はしばらく黙っていた。それ以外どうしていいのかわからなかったんだ。その兵隊の手はまだ僕の手を握ったままだった。僕は彼を好きでも嫌いでもなかった。ただ僕の横顔を見つめるあの冬の硬い海のように、僕は彼の瞳を受け入れた。風向きがほとんど気づかないほどに僅かに変わった気がした。彼はもういちど僕に声をかけた。

「地面を歩いていたとき、君は何をしていたんだい？」——彼は問い詰めるわけでも、手なずけるわけでもなく、ただやさしく尋ねた。

「綺麗な道を眺めていました。いろいろな色をした道があるんです。みんな素敵な模様をしています。僕はそれだけで満ち足りていました」

兵隊は僕をからかうようにニヤリと笑った。綺麗な落ち着いた微笑だった。僕は自分ができない大人の笑みに、生まれて初めて嫉妬した。男はとても美しい唇を静かに動かして、ゆっくりと真剣に言った。

「おまえはもっときたない男だ」

その日、僕はその兵隊に手をひかれて軍隊に入った。そのとき以来、僕はものすごくたくさんの人間を殺したんだ。僕にはたしかに才能があった。僕には不思議な引力があって、敵はみんな恋人を抱きしめるように僕のところへやってきた。僕の深い欲望が、彼らの体の芯に絡んで磁石を狂わせるんだ。敵は恍惚として狂ったように僕を追いかけてきた。僕は吸い込まれるようにやってくる敵を手あたりしだいに血まみれにして息の根をとめた。その暗い喪失が新たな浮力を生んで、僕は縦横無尽に空を飛んだんだ。僕の肌は人を殺すたびに白く少したるんだようになって、内と外との境界がゆるくなっていった。そのたるみが敵をますます惹きつけて、彼らは肉の欲望に身を持ち崩すように僕に夢中になった。僕もそのことに夢中になった。夢中になられることに夢中になっていたんだ。僕は敵を深く愛した。憎悪と愛が僕のまわりで渦になって、僕を幾重にも取り巻いた。それはほとんどやさしさに近いくらいのあつさで僕を包みこんでいったんだ。

最初のころ、僕は軍隊の人たちが命ずるままに人を殺した。僕があまりに上手に人を殺すので、彼らはひどく感心した。僕は英雄になった。森を出てから歩いてきた数々の道のことなど、そのときにはもう僕の心を離れていた。けれど僕の心のひびは、誰もが思っている以上に完璧にできていたものらしかった。どのくらいのあいだ軍隊のために働いていたのだろう。僕の浮力と引力は、もう僕自身では持ちこたえられないくらい大きく強くなっていた。僕の心のひびを吹き抜ける風は悪魔のように美しく不穏になって、自分自身も風にさらわれてしまうのではないかとすら思った。敵も味方もなくなっていた。僕は僕に吸い寄せられるものすべてを飛行機から銃で撃った。そして殺した死体と交わった。敵も味方もすべて殺した。焼け焦げた血の味がする死体が男なのか女なのかもわからなかった。海の塩水が死体を聖別して濡れてますます美しくなった。殺したばかりの死体は血と爆薬の熱で異常な生命力を帯びて、赤黒く輝いていた。僕は僕に向けられている死体の無数の唇から血を吸った。この欲望にあらがうことは決してできなかった。死の熱と死の硬直とが混じり合い、死体の舌は奇妙に硬く、奇妙に柔らかかった。彼らの舌は僕の舌に吸いつくように纏わりついた。舌の先の表面のぶつぶつが、僕の舌のそれとしっかりと絡み合って、互いに熱を伝え合い、僕は激しく嗚咽した。憎悪とも怨恨とも悲壮ともつかないエネルギーが渦巻いて、僕はどうしようもなく欲情した。肉と血と塩の塊は、僕の涙と精液と唾液でべちょべちょになった。

デッドエンドの家に生まれた僕が、なぜこんなことをしたのかいまでもよくわからない。僕の意識はそのとき、いつになく静かで落ち着いていたんだ。そしてこれだけはよく覚えている。僕はあのとき、あのデッドエンドの家のことを想っていた。僕があの熱い塊と狂ったように交わっていたとき、白い花が咲いて、やさしいお父さんとお母さんがいるあの森のことを、僕はずっと想っていた。やがていままで感じたこともないような安堵の空気が僕を包んだ。これでやっと空を飛べる、僕はなぜかそう想った。

そのあとのことは正直なところよく覚えてはいない。僕は「彼ら」と交わったあと、海辺に打ち寄せる細かな無数の波にのまれた。一緒にいた死体と血の塊は、僕が目覚めたときには深い深い海の底へ――いや砂の底なのかもしれないけれど――どろどろと流れていってしまった。どのくらい眠っていたのだろう。数時間かもしれないし、数カ月かもしれない。けれどあのことは夢ではなかった。僕が目覚めたとき、僕の口にはまだ彼らの血と爆薬の匂いが残っていたし、僕の左腕には彼らの髪の毛がまだ絡んでいた。いまでも僕の左手首には、髪の毛が纏いついた日焼けか切り傷かもわからない茶色い跡が残っているんだ。これは僕の肉体が消滅するまで決してなくなることはないだろう――それ以来、僕は名前を失った。どうしても想い出せないんだ。君が知っているなら教えてほしいくらいだ。あのデッドエンドにいたとき、僕がどんな名前だったのかを。目が覚めたとき、僕に残されたのは、首にかかった双眼鏡とどこかの国の軍用機だけだった――君は双眼鏡で世界を見たことがあるかい。僕は首にかかる双眼鏡でまだ見たことも聞いたこともない遠くの大陸のほうを眺めた。そこには僕がむかしデッドエンドの家で見たようなしっとりとした森が見えた。潤沢で深い緑に覆われ、木漏れ日が射して鳥たちが絶え間なくさえずっている。すごく不思議なんだ。双眼鏡を通してみると、すべてが平らに見えるんだ。葉も鳥も絵に描いたみたいに平らで、僕自身の眼に、いや額にすべてが貼りついているように見えるんだ。僕は新しい大陸に想いを馳せた。まるでそれが僕自身であるかのように。

その夜、僕は軍隊を脱け出すことにした。脱け出す？　いや本当のところは追放されたのかもしれない。よくわからない。僕はたくさん殺したけれども、そもそも軍隊の足しになっていたのかわからないし、軍隊の一員であったのかすらあやしいことだった。僕にはわかりえないことだ。その日、太陽が地平線に沈むと、僕は飛行機を海のように青く塗った。軍用機の色は空を飛ぶにはふさわしくないような気がしたんだ。新月の夜だった。何も見えない波打ち際で、僕はその飛行機を真っ青に塗った。そしてその飛行機が空に散らないように一本だけ白い筋を機体に引いたんだ。機体を撫でるように、頭から足先へと続く白く細い一本の線。空と海と僕とを分かつ唯一の境界線。空にさらわれないために、海に惹かれないために、僕はその線を引いた。

出発のときがやってきた。東の水平線に朝日がのぼる予感がした。闇が血のように赤く脈打ち、やがて美しい黄色い光線が突き抜けて空全体を染めた。僕は海上を飛んだ。海を超えて、どこか別の大陸を目指したんだ。もうあの古い大陸に戻ることはないと思った。だって名前を忘れてしまったのだから。僕はそのときから僕自身のために生きることは赦されていないような気がしているんだ。僕の存在はなにかの生贄になった。飛びつづけなければならないんだ。何のために?

「僕の舌に絡みついたぶつぶつと、双眼鏡の先にある遥か遠くの世界のために」

千尋、名前のないものを追うの巻

点描を集めるその悪趣味なデザイナーは、とても地味な顔をしていた。何度見ても忘れてしまいそうな容姿とファッションだった。千尋はそのデザイナーのイメージ検索をネットでしながら、ああまたこれかと思った。女を描く男は地味な肢体を持っている。肢体がその欲望を隠蔽するのか、地味な肢体が他者への欲望を彼に植え付けるのかはよく分からない。けれど商品パッケージやメディアを通じて氾濫する無数の女の分身を生み出しているのは、この空虚な中心であることに間違いはない。この男の経歴も容姿と同じように地味だった。いや地味といったら可哀想なのかもしれない。彼はあまりに安定して活動しており何のスキャンダルにも見舞われなかったがために、その名声によって名声を忘れ去られるという不運な境遇にあった。彼の作品が一度でも危機に晒されたなら、派手に後世に名を残したのかもしれない。けれど彼の生き方はその可能性を寄せ付けなかった。つまり彼はそれを望まなかったのだ。非常に深いレベルで、おそらく実存的に。この男はベンヤミン的一回性のアウラを拒絶し、判別不能な多数のコピーを氾濫させることで作品と女に命を与えた。彼は何の変哲もない原型、いやおそらくはもっと深度の浅い典型を大量にこの世に蔓延らせたのだ。こういうふわふわした浮草のようなもので世界は満ちている。この男は世界を埋め尽くした。誰の警戒も寄せ付けない普通さで。なかなかの黒幕人生ではないか。

しかし最大の驚きは、この作家は点描集めを三十年余りの長きにわたり趣味としていたにもかかわらず、生涯にわたり線描主体の作品しか残していないということだった。教授から渡されたこのデザイナーに関する主要な画集の二、三をひも解くと、そのほとんどは千尋が記憶している一筆書きの白黒イメージと同類のものだった。ときどき見受けられる着色作品は雑誌の表紙やポスターなどで媒体の性質上仕方なく着色している風だった。マットな質感でべったりと塗りこめられている。点描を思わせるムラは一切なく、一ミクロンも隙を与えないようなまったりと漸進する色面が作品を埋め尽くしていた。なんたるあまのじゃく。ホントにこの男がこの大量の点描を集めていたのだろうか。何かの間違いではなかろうか——しかし遥か海の向こうに浮かぶ日本の資料室から送られてきたＤＶＤには「＊＊＊氏収集の品：一九二五―一九五七」と丁寧な筆致で書かれていた。ＤＶＤは一層の四・七ギガバイトで、一枚あたり一メガバイトから一〇メガバイトの高解像度の画像が一〇〇一枚入っていた。やたらに高い解像度で、ずいぶん御丁寧にデジタル化してある。もともとの品は、このデザイナーが撮ったカラー写真だったようだ。当時としてはめずらしい技術だっただろう。これらのぶつぶつはたしかに十九世紀フランスの点描画家たちのものにそっくりだった。教授が千尋に白羽の矢を立てたのも頷ける。この作家の資料はすべて彼の孫により整理されたもので、デジタル化は一九九九年になされたらしい。作家の親族がこの孫だけになり、独身で子供もおらず中年期に差し掛かったこの孫が、その後の血脈の断絶に先んじて、九九年に遺品をすべて競売にかけて処理したという。この点描コレクションには誰も買い手がつかなかった。当然だろう。作家自身が制作したものでもなく、彼の創作のインスピレーションになった形跡もまるでない。要は他人のぶつぶつをこの地味な男が写真に撮っただけである。このぶつぶつと作家のデザインはあまりにかけ離れている。両者は見るからに無縁である。しかしこの大量の収集品をそのまま廃棄するのが惜しまれたのか、孫は点描コレクションをすべてデジタル化して、祖父の出身地である島根県の公立図書館に寄付した。この孫は今年二月に五十歳でこの世を去っているという。

一〇〇一枚の点描の複写は、作家自身が写真撮影を行ったのだろうか。ところどころに光の反射が見受けられることなどからも窺えるように、彼は現物からではなく、画集からこれらの点描を撮影した。つまり孫が管理していた作家のコレクションは、複写物の複写であった。そしてこれが一九九九年にさらにデジタル化に至るくだりは申し述べた通りである。要するにここで十九世紀点描画家と二十一世紀に生きる千尋を繋ぐ点と線が、普段の研究生活とは全く別にもう一つ結ばれたわけだ。十九世紀点描画家の作品―それを掲載した画集―それを撮影した作家―それをデジタル化した作家の孫―それを預かった千尋、というわけである。芋蔓式とはまさにこのこと。模範的な大学講師であれば、これぞオリジナルのないシミュラークルの時代です、ポストモダンの到来です、めでたしめでたし、と言うことであろう。しかし長年職なし大学院生で過ごしてきた千尋はもはや根性が曲がってしまったのか、この事態をポスト……と称して、過去の欲望の残滓として葬り去るわけにはいかなかった。えにしの糸はどこに潜んでいるか分からない。日頃の研究だけでは飽き足らずに、ぶつぶつが追ってきたのだ。終わりきれないモダニティが亡霊のように湧出する。いじけた大学院生の目にはポストモダンは亡霊たちの怨恨のダンスである。よく見てみるがいい。街にあふれるコピーたちを。彼らは百年前にやり残した仕事を今にもやり遂げるべく虎視眈々とチャンスを狙っているのだ。捕まらないように気をつけろ。本当の欲望は時間が経とうが、複写になろうが消えることはないのだ。

そしてこの一〇〇一枚の写真の裏面には、このデザイナーが図像を入手した、すなわち点描作品の複写をとった年月日が、作家の自筆ですべてに記されていたようだ。裏面も孫によりすべてデジタル化されている。それによるとこの作家が点描の写真を撮っていたのは、一九二五年から一九五七年の正味三十二年間、彼が二十八歳から六十歳に至るまでの人生の主要な期間だ。二十八歳というのはまあ頷ける。人はいつでも何かを始めることができる。このデザイナーは若すぎるわけでも、盛期に至るわけでもない時期に、点描集めという奇妙な趣味をもつにいたった。人生何がおこるかわからない。そういえば千尋がアメリカに来たのも二十八歳の時だった。しかし問題はその点描写真を撮ることを生涯のある時点でやめたという事態である。作家の人生は点描集め断念後もさらに二十四年間続いた。死んだのは一九八一年、八十四歳のときだ。彼は何らかの決意をもって人生のある時点でこの習慣から足を洗った。なぜだろうか？　何でもいいから一〇〇一枚集めたかったのだろうか。つまり数字が習慣を区切ったのか。いやそれとも年齢だろうか。たしかに還暦である。還暦に一〇〇一枚集めて舞台から身を退く。しかし何のために？　いや、これもやはりそもそも何のために始めたかという初歩的な疑問に舞い戻ってしまう。人はあってもなくてもいいようなものをわざわざやめたりはしないものだ。どうでもいいものは惰性で続けることができる。二十八歳から空気のように続けてきた習慣であれば、やめる必要なんてなかったのではないか。けれどその作家はぴたりとやめた。一〇〇一枚というやや意味深な枚数で、還暦という節目を迎えて。まったくいけ好かない。貴殿の変な趣味のおかげで、ずいぶん妙な世界に迷い込んでしまったものだ。まさしく亡霊の世界。腹が立つ。金を払ったら何をやらせてもいいと思っているのだろうか。煮すぎたうどんのようにぐずぐずしたこの地味なおやじのために、これから五〇〇時間もの危険な時間を過ごさなければならないなんて、まったく腹立たしい話だ。

千尋は苛ついた。研究者は実力の有る無しに拘わらず根本的に身勝手だ。自分の研究以外のことに僅かでも時間をとられると、それだけでオートマティックに腹が立つ。給与の良し悪しは関係ない。もっとビジネスライクになれればいいのかもしれないが、今回の問題にはなんとなく簡単には割り切れない空気があるのだ。なんだか横でしつこくカラスが鳴いているような気分だ。彼らは振り切ろうとしても鳴き続ける。静かにしていれば嫌われないものを、わざわざ嫌われるためであるかのように鳴く。点描が自分の知的守備範囲であるという事実を、いま改めて突きつけられている。ぶつぶつがゴミを荒らすカラスのように執拗に迫ってくる。彼らは自ら嫌われんとしてやってくる。私はたぶん自分の窓が開かれている当の方向そのものに腹を立てているのだ。自分が開いたその窓がカラスを捉えているということに――この地味な冴えないデザイナーは誰かが描いたぶつぶつを集めた。そしてこのぶつぶつを描いた輩が世界のどこか別の場所、別の時代にいる。この日本人作家は時代も場所も異なる別世界に住む住人がつくったぶつぶつを見ていた。自分ではあんな白と黒の線を日々引きながら。偏屈じじいめ。まともに考えると手に負えない――しかしいったいなぜ点描なんてまどろっこしいことをそもそもしなければならないのだろう。ぶつぶつに携わる者として、点描というのが到底信じがたい芸当であることを常々思わざるをえない。あのぶつぶつを一粒一粒手で打っていくのだ。幾重にもわたって無数の点で画面を埋めてゆく。ああいうものが絵画として成立するには、スカスカに点を打つだけではだめなのだ。幕が幾重にも重なるように多層的なぶつぶつが必要なのだ。スーラが時給で絵の値段を決めていたという逸話も真偽のほどは別にしても頷ける。とにかくこの種の表象においては時間と熱意が死活問題である。絵に向かって行為するということ、それがまずもって価値である。それは作品の存在価値であり、同時に作家自身の存在価値でもある。もし自分が画家だったら、あんなことをするだろうか。たぶんしない。いやぜったいしない。なぜか?――点描は画面を明るくするためだとか、調和のためだとか、色彩対比でおこる特殊な視覚効果をつくりだすためだとか、いろいろ言われてはいる。だいたい画家たちもそういう凡庸な説に迎合して、「点描は明るい」なんて暢気なことを言って息巻いていたのだ。けれど正直なところ、それくらいだったらいくらだって代替はあるではないか。調和も明るさも対比も他にいくらだって表現する方法はあるのだ。十九世紀アカデミズムの厳しい制限下だって可能なことだろう。点描作家は自分たちがかかずらっている事柄のほとんど犯罪的な側面に気づいていない。ものの表面を撫でながら、その存在を瓦解させて蒸発させるぶつぶつ。点描というのは正直なところ、甘いもんではないのだ。実際に作品を目の前にすると異様な浮遊感を覚える空恐ろしい表象だ。点描作家に早死が多いのも納得できる気がするのだ。一瞬の調和とその前後にある極端な不安定。その一歩前でも一歩後でも、存在は瓦解する。存在のぎりぎりの極点にふわりと一瞬浮かぶ透明な膜。そのくせ劇的変化もなければ、これといった山場もない。ただ焦点を欠いた海のように存在ぎりぎりの境界面をふっと見せつける。ひとはなぜこういう間接的なメッセージを送らねばならないのだろう。なぜ海の水に直接触れずにこんな幕を引かねばならないのだろう。なぜこんなふうにして存在を危険にさらしてまで、眼の前の海を瓦解させる必要があるのだろう――たぶんそういうふうにしか表現できないものがあるのだ。そういうふうにしか語れないことがあるのだ。瓦解させねばならない。その裏と表の両方に風を通すために。点描の向こうから点描のこちら側へ。点描のこちら側から点描の向こう側へ。吸い込まれたら死んでしまう。図書館に籠る世間知らずのお嬢さんはそんな世界の境界面を頭の中で想像する。空恐ろしいことだ。そんなものは私の人生とは無縁であってほしい。わかったような点描論を学生に教え込むつまらん学者先生でもいいではないか。平穏無事な人生。私も命が惜しい——図書館で交わった血の海とスーラが繰り返し描いた北の海の表象とが一瞬まぶたの奥で重なった。気をつけよう。あまり考えすぎてはいけない。千尋は仕事にとりかかることにした。

その日、千尋は図書館の一番上のほうの本から始めることにした。木製の梯子が無造作に壁に立てかけてあった。学者業務で唯一運動神経が試される場。わずかにぐらついたが悪くはなかった。千尋は学者志願者にしては頭が足りないようで高い所がわりと好きだった。本がすべて高いところにあればいいのにと真面目に思った。上方なら血が足に纏わりつくこともない。ヤコブの梯子がひょっとしたら私の知の探究にも架かるかもしれない。やれることは何でもやってみる。それが瀬戸際の道。明日をも知れぬ大学院生の道。もしや前衛の道になるかもしれない獣道。終わりきれない近代を召喚せよ。願わくば！——さてこの仕事、ひとまずSスーラ、Sシニャック、Pピサロ、Cクロス、Nネオインプレッショニスムあたりから始めることにした。そのあたりのアルファベットの書棚を物色する。もちろんカタログ・レゾネ、つまり画家の総目録から始めればいいのだが、必ずしもそれに頼るのは得策ではないように思われた。小さい図像で全体を見渡すのは今回の仕事の場合ほとんど意味がない。なぜなら与えられたDVDの点描は極めて断片的で、教授も実にさりげなく言っていたように、それは点描作品の部分写真だった。私は彼女の依頼を受けた時点で、この事実も了承したことになる。承認するとはそういうことだ。

さて、どんなふうに始めよう? 千尋はまず大きな画集を各画家につき二冊ほど選び、どんな作品があるかをざっとおさらいした。そしてその後、DVDに保存された画像と照合していくことにした。大きな仕事は基礎に立ち返ることが肝要だ。帰る場所がしっかりしていないと簡単に迷子になってしまう。そうして全体の約一割はじつにあっさりと見つけることができた。点描表現がフランスで盛期を迎えたのは一八八〇年代半ばから九〇年代にかけてだが、その時期は幸いにして抽象絵画が幅を利かすことはまだなかった。点描にもそれなりに描かれる対象があり、千尋はジグソーパズルをするように、それらの断片がどこから来たかを突き止めることができた。たとえばサーカス関係の断片が見つかればスーラ、時代錯誤的農作業の断片が見つかればピサロである可能性が高い。こんなふうにして一〇〇枚ほどが簡単に見つかった。具象絵画万歳。歴史よ、ありがとう。最初の二日はそれに費やした。しかもここで今後の労力削減になろう都合のよい発見もあった。それは少なくとも千尋が今回同定した一〇〇枚強の点描は、すべてスーラをはじめとするフランスの新印象派画家たちが一八八五年から一八九四年までの十年間に制作した作品から取られていたという事実である。一見工業製品のような点描も、実際には彼らの作品が画集や宣伝用のポスターなどに掲載された時に受けた変容であることがわかってきた。そしてこの収集された作品が集中する十年間は美術史的にまさに点描最盛期と言っていい時期であった。八五年はスーラが例の《グランド・ジャット島の日曜日の午後》とそれに類する作品で新様式の開始を準備していた時期であり、九四年は仏大統領サディ・カルノー暗殺の煽りを受けて、無政府主義者と親交の深かった点描画家たち幾人かが裁判にかけられ、それを境に点描画法も下火になり始めた年である。もちろんこれだけでは断言できないが、思ったより射程は狭いのだ。グッドニュースだ。千尋は統計学のことなどまるで知らないが、全体の一割の標本というのは絶大な量であろうと予想する。例えばテレビの視聴率など全世帯数の〇・〇〇一パーセント以下のサンプルで議論しているわけだから、一〇パーセントもあればいいわんや？　やや強引な気もするがよしとしよう。われ専門家にあらず。しかしてわれ責任負わず。つまり現時点でだいたいの当りをつけるのなら、あの女ばかりを線で描いていた地味なデザイナーは、一八八五年から一八九四年というフランス美術界で点描が最も盛んだったころの十年間のぶつぶつを、二十八歳から六十歳までの三十二年間で、一〇〇一枚集めた。彼の意図するところは全くよく分からないが、たぶんそうなのだ。十九世紀フランスのぶつぶつの十年間と、二十世紀日本の線描の三十二年間という別世界が、この地味な冴えない男のコレクションで繋がっていた。しかもネットや年表を参照する限り、このデザイナーには欧州渡航経験がない。アジア数カ国には第二次大戦前に多少行っていたようだが、欧米へ旅行した形跡はゼロ。とりたててフランス文化に感化された風もないのだ。本当によくわからない。勝手にしやがれ、ベイベー。君のひねくれた仏蘭西憧憬なぞ知るものか。しかし多少輪郭が見えてきたことはすばらしいことだ。仕事は捗りそうだ。最初の二日で一割見つけたことに千尋は有頂天になっていた。この調子だったら一〇〇時間程度で全部終わるかもしれない。気持ちのよいスタートだ。こんな楽な仕事なら昼ごはんのあとの数時間、一番頭がぼんやりする時にこの仕事をしよう。冴えた時間にこんな作業をするのは、ばかばかしい。バイト代は少なくなるかもしれないが、とりたてて生活が苦しいわけでもないのだ。さっさとこんな気持ちの悪い仕事から解放されてすっきりしようじゃないか。明日はひとまず休息だ。ダメ学生はちょっと働いたと思うとすぐ休みたがる。そんなことはわかっている。でもいい。時間に余裕があるのだから——さて四日目、ここからが本番である。

千尋はどうやらこの日から本当に真面目にならざるをえなくなってきた。真剣にやらないとなかなか成果が上がらないということに薄々気づき始めていたのだ。昼下がりの午後のぼんやり頭などでは到底太刀打ちできない。四日目にして既に点描を探すことの最大の困難にぶちあたりつつあった——それは残像するのである——後にも先にもそのことに尽きた。ぶつぶつは眼に残る。信じられないくらいの執拗な残像力をもって。名前もない印象もない。怖くもなく愛しくもない。なのに彼らは一度見ると瞼の奥に焼き付いて離れなかった。この後味の強烈さは恐らくモビィ・ディックに匹敵する。ひとたび白い男根クジラを見たなら、人は大洋に出てそれを追う。命など惜しくはない。忘れられないのだ。点描もおそらくそれに等しい強烈さで記憶を扇動、凌辱する。運よく一つを解決して次に進もうとしても、いったん見たらもう最後。あらゆる点描は幽霊のように記憶に堆積し、しかも幽霊になってこのかた一層いきいきと人の頭の中で舞い踊る。見れば見るほど加速度的にぶつぶつは増殖する。そして見れば見るほど過去に囚われ、混乱の網目の中にあっという間に絡めとられる。しかも補色の残像で無数のネガが生じ、残像と実像が共振して、もはや虚実の区別は壊滅的につかなくなる。星辰のごときぶつぶつが津波のように襲ってきて、主体を凌辱する。きっと白鯨を追って海に沈んだ男たちもこんなだったに違いない。残念、無念、この無力。黒く重い海水は容赦もなく体を飲む。これはまったく呪いに等しい。たとえば一日十枚の点描を片づけるとしよう。つまり与えられたDVDの画像の中から十枚をどこから来たか同定しえたとしたらどうだろう——朝一枚、運よく見つける。二枚目、すでに一枚目の記憶と、一枚目を探すために見た数十枚の点描が脳裏で乱舞して、ぶつぶつワールドに沈潜する。三枚目、すべてがぐずぐずに混じり合い、すでに何を探して何を参照しているのか判別不能となる。十枚目、言わずもがな。脳裏を舞うぶつぶつの数は冗談ぬきで数千倍にも膨れ上がり、見つけること自体がほぼ不可能となる。一日の終わりには論理的思考は消え失せ、ただひたすらに奇跡を祈る形而上学的心境に様変わりとなる。ラスキン先生の予言に気づいた時にはもう手遅れ。一日の終わりには骨抜きとなる。いつかどこかで血まみれになった時と同じような気分だ。しかも全然気持ちよくない。最低だ。百害あって一利なし。コノヤローとはこのことだ。

千尋は一週間ほどこのぶつぶつ地獄の洗礼を受け、残像防止の対策が急務であるという結論に至った。いつもフレッシュな気持ちで事に臨まねばならない。ぶつぶつよ、白いシャツに初めて手を通すようにあなたと交わりたい。卑猥な要求だろうか。しかしこれは急務だ。白さがここまで恋しくなったことはかつてない。目的のためには手段は選ばず。私はこう見えても血も滴る残虐女だ。なにせこんな涼しげな図書館で世界の搾取の頂点に君臨しているのだから。点描を甘く見てはいけない。彼らはきっと私の不徳に気づいているのだ。この愛しいアメリカの図書館からいつ敗走を迫られるかわからない。仏心は禁物。攻めてくる前に攻めねばならない。どこかの国の大統領のように。

そこで千尋は残像を避けるためにいくつかルールを設けることにした。すなわち「点描あるいは名前のないもの追うための極意」、裏名称「幽霊抹殺極悪非道のミッション、千尋味」――【その一】見つめすぎるべからず。ぶつぶつを見るのは二秒まで。名残惜しくとも目を離せ。追いかけてきても斥けろ。それ以上見つめたらもう最後、悪魔に食われて私財を投げうつ結果となるべし。【その二】ぶつぶつ同士を比べるべからず。比べなどしたら彼らは互いに嫉妬する。男であろうと女であろうと、モテる奴らはただ相手をまっすぐに見るものだ。相手を判断するとき他者と比べてはならない。相手と自分の無比の絆を重視すべし。しかして一つの点描を終えたら図書館の灰色の壁を十秒間見つめるべし。点描同士の間に衝立を立てろ。しかしてすべての点描を手懐けるのだ。【その三】理性に訴えるべし。ここは合理主義国アメリカ。色彩の魔力に抗すべくマックス・ウェーバー先生よろしく脱呪術化を図らねばならない。どうするって？　点描を白黒コピーにかけて、骨抜きにするのだ。そうすれば色彩の恐るべきコードは、劇的に形態すなわちフォルムのコードに変換される。点描にとっては可哀想な話だが、いたしかたあるまい。彩色状態では見えてこなかった「かたち」が浮き彫りとなる。狂気の中に隠された醒めた論理。これはなかなか効果てき面。この手法で産業革命のごとく多くの点描の足がつくこととなる。【その四】主体を忘るべからず。点描に耽溺して千尋が千尋であることを忘るべからず。一日二時間以上この仕事に携わるべからず。千尋本来の生活を大切にすべし。そうだ、我、唯の大学院生なり。さもなければ血がおまえを追うように、点描がいつしかおまえの命を捕らえるだろう。浅付き合いが命綱。そのことを肝に銘じよ。

この千尋考案「極悪非道」の戦法はそれなりの成果をもたらした。この作戦により全体の半分である約五〇〇〇枚を同定したのだ。特に点描を白黒コピーにして探し出す方法は功を奏して、この戦法で二〇〇〇枚以上の図像が判別可能となった。色彩を追放することで残像力は激減する。色彩を失ったぶつぶつにとっては不憫であるが、千尋は命拾いをした――しかしどうだろう。この論理的思考を重視した四カ条で判明したのは、結局全体のたった半分である。最初の二日で同定したものも含めて未だ六割に満たない。まだ特別ボーナスがもらえる基準にすら達していないのだ。凡庸な仕事人とはまさにこのこと。研究者にあるまじき醜態。「極悪非道」と銘打つにはあまりにお粗末ではないか。己の甘ちゃんぶりを痛感せざるをえない。第二次大戦後のどこかの国の軍隊みたいではないか。勝ったんだか負けたんだか一向によく分からない。なんのためにベトナム戦争なんかしたんですか？　勝率五割をキープするためです！　所詮私も合衆国図書館しか知らないお嬢さんなのだ。こんなことではぶつぶつみたいに淫靡で周到な奴らにはとても太刀打ちできない。彼らは積年の未決の欲望を抱え持っているのだから。悔しいではないか。明らかに馬鹿にされている。奴らはきっと今頃図書館の奥でせせら笑っているに違いない。本当に悔しい——千尋に憤怒に近い妙な闘志が湧き起こり、もはやいてもたってもいられなくなってきた。負けるもんか。こう見えても私はこんなアメリカ風のギリシャ式ファサードをくぐる前は、複雑奇怪奇妙奇天烈漠然呆然曖昧模糊としたアジアのちっこい島国にいたのだ。「源氏物語」的怨念をはぐくみ、金幕破る「具体」野郎を生み、「七人の侍」的任侠を讃えるあの国ではないか。我もラ・ジャポネーズ。お前ら絶対逃がさない。運命の十一月八日までに、全員、私の前で土下座させてやる！

さてまんまと点描の術中にハマった甘ちゃん大学院生の千尋は、世間知らず丸出しに、まずは過去の偉人の言葉を参照して船出を図ることにした。それ以外できることはなかった。自分の実力は正直に認めねばならない。毎度のことながら選択肢は限られている。

色彩というのは簡単な事柄ではないのだ。J・Gも言っているではないか。色彩という言葉の意味は科学の歴史の中でも最悪の泥沼の一つであると。

（一九八五年、イタリアの著名な記号学者の物言い）

色彩は、思考され、夢見られ、想像されなければならない。

（一八九三年、気持ちの悪い絵を描く日本で人気のフランス人画家の的確な指摘）

僕は母音の色彩を発明した！ Aは黒、Eは白、Iは赤、Oは青、Uは緑だ。僕は子音のかたちと動きをコントロールして、直観から生まれたリズムでもって詩的な言語を発明したんだ。その言語はいつの日かすべての意味を捉えるだろう。その翻訳法は僕の秘密だけれど。

（一八七三年、早熟の天才詩人、十八歳の時の告白）

まったくどいつもこいつも。なにが秘密だ。知っているならさっさと言えばいいではないか。

男のくせにぐじぐじしやがって。しかしこういうぐじぐじした男にかかずらっているのがまさしく自分であることにまたも気づかされ腹が立った。まったく近頃では腹を立ててばかりいる。もっと大人の冷静さを敵に見せつけなければ、ますます奴らに馬鹿にされてしまう。どうすればいい？　馬鹿にされないためにはどうすればいい？——千尋はまたしばらく考えた。そして当然のごとく出てきた優等生的結論。やはり相手の言うことにも耳を傾けねばならない。あんなに残像するのだ。あんなに瞼に焼き付くのだ。きっと何か言いたいことがあるにちがいない。君の話を聞こう。考えるのはそれからでも遅くはない。そこからじっくり手懐ける。いままでフォルムや論理の力を借りて君をねじ伏せてきたのは汚いやり方だった。アメリカの図書館にいるからといっていい気になっていた。謝ろう。ごめんなさい。千尋は謝ります——この発想自体がアメリカ的良心の具現である気がしてまたもや腹が立ったが、仕方あるまい。真の対話は不可能ではあっても、試みることに意味がある。所詮私も戦後資本主義的良心に育まれた箱入り娘である。真の箱入り娘は外の怖さを知らない。だって外に出たことがないのだから。真の冒険は真の無知からしか生まれない。そうでしょう？——で君たち、一体何が言いたいんだ？　千尋は方針を変えることにした。もはや自己の身の安全に執着しているようではだめなのだ。所詮いいわけ付きのぐずぐずの勝利しか得られない。そんなことでは憎しみと死体の山が残るだけではないか。朝鮮、ベトナム、ソマリア、パレスチナ、イラク、アフガニスタン……どこかの国の軍隊が小学生的良心で火に油を注いだ土地たちよ。君たちの地霊はいったい今どこをさ迷っているんだ。私は本気で勝ちたいんだ。敵を愛し愛されるほどに。そのためには自己の論理も方法も覆さなければならない。そんなことは到底無理なのはわかっているのだ。しかし無理なのがわかっていても諦めきれないものというのがあるではないか。世の中にはいくらだって！　そうだろう、みんな。欲しいのは真の勝利だ。あなたも私も至福の時を迎えるようなわたしたちの勝利——あなたの皮膜の向こうには何があるのですか。皮膜の手前には何があるのですか。あなたと私との間にはいったい何が横たわっているのですか。私には何もわかりません。私は図書館しか知らない無知な娘です。だから点描よ、この何も知らないお嬢さんに手とり足とり教えてください。世界の秘密を教えてください。あなたは全てが見えすぎているのです。画面をすべて埋め尽くして、自分で自分の首を絞めているのではないですか。あなたは自分のぶつぶつの重みでがんじがらめになっているのではないですか。あなたは知ることが力ではなく呪いであることを自ら身をやつして私達に見せつけているのです。ほら頭のいい人たちが、やれ泥沼だ、やれ秘密だ、やれ夢見がちだと指摘しているでしょう？　図星でしょう？　言ってみなさい。誰にも言わないから。あなたたちの秘密を。あなたたちの鮮やかな泥沼の秘密を。すべてが見えて、すべてを埋め尽くすように定められた可哀想なぶつぶつ。あなたたちが隠し持っている物語を教えてくれますか。海のように深く重い物語を、嗚咽を漏らすようにそっと声にしてください。私にだけ聞こえる吐息で。唇を重ねるように。体を重ねるように。

飛行機乗り、葉書を書く。砂漠にて

僕はある日、ひろいひろい砂の原に着陸した。それは突然に僕の目の前にあらわれたんだ。広くなだらかにうねる地平線が見えて、その素朴な雄大さが僕を魅了した。僕はその純粋な美しさに酔った。砂が砂であるというただそのことに酔ったんだ。僕はとても長い旅の中で、初めてあのデッドエンドと同じくらいに綺麗なものに出会ったと思った。生まれて初めて、僕はあの森と同じくらいの強さをもつ美しさに出会ったと思ったんだ。砂は素朴で意志をもたなかった。風が吹くままに波紋をつくり、僕が撫でれば僕の手の軌跡が砂に刻まれた。けれど砂は僕の手形をとどめることなく、またふたたび風のままに流れてゆく。こんなに素直な存在がほかにこの世界にあるのだろうか。僕はこの砂の純粋さが、僕の何かを救ってくれるような気がしていたんだ。僕は遠い血の記憶をぬぐいたかった。そして森の記憶をもぬぐいたかった。自由になりたかったんだ。僕のすべてから解放されて、荷物をすべて下ろしたかった。砂のもとでならそれができると思った。兵隊が僕の心の穴を見つけたように、僕は砂に心の穴を見つけてもらって、その傷つきやすいひび割れた空洞を埋めて欲しかった。そのとき僕は自分が思っていた以上に疲れていたのかもしれない。森と同じくらい強いけれど、森のようなみずみずしい欲望をもたない砂の世界。森を追放された僕の居場所は、この砂漠しかなかった。

僕は砂に心をゆるし、砂も僕をやさしく包んだ。僕の傷ついた心は砂がすこしずつ入りこんで、しだいにその穴を埋めてくれた。僕はなにか汚いものを遠ざけようとしていたんだ。思えばあんな乾いたところに汚いものなんてあるはずがなかった。けれど僕は食べるものを選び、話す者を選び、道を選び、あらゆる汚いものを僕の存在から遠ざけようとした。僕は道ゆきですれ違うあらゆる人たちと議論をし、彼らを説き伏せ、自分の正しさを証明しようとした。僕はじっと相手の目を見た。決してそらさなかった。僕は砂漠で出会う目が浮ついて落ち着かない人々を信用しなかった。それが強さだと思っていたんだ。そして僕はすべてと決別した。僕が捨てたのではなくて、捨てられたのかもしれない。僕にはわからない。僕はあらゆるものを遠ざけ、あらゆるものを不快に感じた。そして砂だけに心をゆるした。僕はしだいに町から離れて砂の奥へ奥へと入っていった。奥へ行くほど砂は純粋さを増して、その単純な綺麗さで僕を魅了した。あらゆる危険なものはもう寄りつくことはなかった。かつて空を飛んでいたときのように誰かが寄ってくるということももうなかった。僕は正しさと静かさの理想に酔っていた。砂は抱きしめると僕にこたえてくれた。砂に体をうずめるとき、僕の体の境界はなくなっていった。砂は僕の吐息も唾液も精液もとめどなく吸い取って、僕のすべてを受け入れたんだ。

僕はいつしか空を飛ぶことをやめて広大な砂漠を歩いて転々とするようになった。しだいに心も体も砂に奪われていった。それでもかまわないと思った。だってもう空を飛ぶ必要などどなかったのだから。僕は居場所を見つけたんだ。僕はずいぶん遠くまで来てしまった。そう思った——そして振りかえったとき、僕の飛行機はもうなかった——図書館みたいな箱の中にいるお嬢さんは知らないはずだ。砂漠では何にも見えないんだよ。いやすべてが見えるのかもしれない。けれど見えるものは砂ばかりなんだ。砂はすべての目を支配する。砂はすべてを受け入れて、すべてを自分のものにしてしまうんだ。砂には未来も過去もない。彼らにあるのは今このときだけなんだ。砂はけっして残像をつくらない。砂はすべての存在が最後に行きつくところなんだ。砂は変化しない。砂はもう変化を終えてしまったのだから。そして皆で一緒になる。どこからともなく砂同士は互いを見つけて一緒になるんだ。砂にはすべてが見えるから、もう何も見ない。すべてが見えることと、何も見えないことはとても近いことなんだよ。砂はただ目の前のものをどんどん飲みこむんだ。決して欲望することなく決して考えることなく。そして僕の飛行機も見えなくなった。砂に埋まったのか僕が見失ったのかはわからない。けれどそれは砂の原のなかに消えてしまった。僕は拒絶されたのではなくて抱きしめられてもう飛べなくなってしまったんだ。飛行機を失ったとき、僕は本当にひさしぶりにあのデッドエンドの森のことを想い出した。とても懐かしかった。そしてひどく淋しかった。僕はもしかしたらもう一度あの森に戻れるかもしれないと思った。いや戻れると思ったのではなくて、戻りたいと心から思ったんだ。砂の原でそれが本当に不可能だとわかったからだ。そして僕は自分が来たほうをふりかえって双眼鏡をのぞいてみた。君は知らないだろう？　双眼鏡はほんとうに遠くのほうまで見えるんだ。君も僕も知らないまったく別の世界まで。そして僕は双眼鏡を眺めながら、お父さんがいつかこんなふうに言っていたのを想い出したんだ。あのデッドエンドの森で。世界でいちばん幸福なあの場所で。

「もし僕らがなんでもできるとしたら、僕らは決して誤りなんておかさないだろう」

そうだ、あの森で。お父さんはあの森でそう言ったんだ。きっとあの森でしか真に理解することが赦されなかった言葉なんだ。僕だって何でもできたら間違えることなんてなかった。たぶんあの家から出ることもなかったと思う。あそこに暮らしていたすべての人も動物もきっと僕が思っていた以上にとても強い存在だったんだ。けれど僕は空を飛ばなければならなくなった。きっとあそこに住む誰よりも弱い存在だったからなんだ——僕は美しい砂の原を見つけてから自分がすごく強くなった気がしていた。僕は純粋さと正しさの幻に酔っていたんだ。それが本当の強さだと勘違いしていた。けれどそれは強さの衣を着た本当の弱さだった。それまでずいぶん危ない橋を渡ってきた。けれどこの砂漠での正しさの確信が、間違いなく僕の命をもっとも脅かしたものだった。僕は枯渇して死を待っていたんだ。そのことにすら気づかなかった。なんでも食べるべきだったし、なんでも慈しむべきだった。僕はあのとき自惚れていたのだろうか？　いやまったく逆なんだ。僕は怖かったんだ。そして淋しかった。僕の命は絶え入りそうになった。僕は疑うことを忘れかけていたんだ。

知っているかい？　口の中がざらっとするところから砂の欲望が始まるんだ。砂は何も欲することなく、すべてを飲みこむんだ。砂の欲望に意志はないんだよ。目や鼻がだんだん砂に覆われてきて、砂の熱はひとつぶひとつぶ刺し貫くように僕の肌を破っていく。そして砂は僕を地下に連れていこうとするんだ。砂はすべてを地下深くにしまいこもうとする。君だって聞いたことがあるだろう？　砂の奥深くには数えきれないほどの水の流れがあることを。僕もきっとそこで水になる。深く永遠に流れるその水脈に僕の血と肉とすべての欲望は絡めとられる。無数の水脈を隠すあまりに美しい砂漠は、僕をずっと導いてきた青空と星空とを奪ってしまうんだ。僕はそう思った。太陽だかなんだか得体のしれないものが僕の体を叩きのめした。乾ききった体は熱くもあり、寒くもあった。僕はとても乾いていた。そして空気には善意も悪意もなかった。これは砂の問題ではないんだ。僕の問題なんだ。僕には何一つ味方はなかった。生きているものも、死んでいるものも、僕には味方してくれなかった。僕のまわりにはもう誰もいなかった。涙も出なかった。恐怖が僕の背骨のひとつひとつを縛りあげた。こんなに孤独で無力なのに、なぜ恐怖を感じなければならないのだろう。僕はいったい何を守ろうとしているのだろう。僕の未来も過去も砂に奪われようとしていた。僕に勝ち目はなかった――この砂の原で僕は生まれてはじめて後悔するということを知ったんだ。なぜこんなところに来てしまったんだろう。僕は砂の何を愛したのだろう。僕の命は何にも引き換えられることなく消え入ろうとしている。生贄にさえなれないんだ。誰の喜びにさえもなれない。敵の喜びにさえ。もしかしたら砂の欲望を満たせるかもしれない。けれど砂は僕を飲みこんで、いったいどんな喜びを感じるのだろう。砂は僕を必要とすらしていないんだ。砂は水なんて必要ないのだから。水に脅かされることもない。砂は圧倒的な勝利で水を手にして永遠に封じ込めることができる。相手は絶対に無言だ。それが砂という存在だった——僕は海辺で死体と交わったときも、デッドエンドの家を出てきたときも、悲しみにくれたけれども決して悔いることはなかった。けれど僕はこの砂漠で、僕がしたあらゆることに対して、僕が砂の中にいるというまさにそのことに対して、心から悔いた。

「こんなところに来るべきではなかった。ここは僕の居場所ではなかったんだ」

僕は泣いた。涙はまたたくまに砂と太陽に飲みこまれた。涙は顔を濡らしたけれど、喉はひどく乾いていて、もう外の世界と僕の世界との境目がわからないほどに、僕の体は灼熱の日射しに焼かれて世界とひとつになっていた。僕はあの森のことを想った。なぜ僕はあの家を捨てなければならなかったのだろう。この砂漠で死ぬためだろうか。僕は砂に、僕の存在をもっとも脅かすその砂に、僕の核心に触れる秘密を告白しなければならなかった。砂が絶対に聞く耳をもたないからこそ、僕はそこで存在の原点を告げなければならなかった。砂は僕の秘密に関係なく、僕を飲みこむだろう――だから――だからこそ――僕は、僕を欲望のない欲望で捕えようとする砂にむかって、森の話をしなければならなかったんだ。僕を生かし、僕を呪い、僕の名前を奪ったあの森の秘密を。僕の存在そのものである、その秘密を――そして死を待った。すべてを吐露して、僕は死を待ったんだ。命の露が消え入ろうとするとき、僕は何をすべきだったのだろう。そして最後の仕事について考えた。僕の命が消え入るまえにどうしてもしなければならないことを。そして僕は、荒野で愛する人に手紙を書いた。いつかどこかで手に入れた雪景色の絵葉書だった。

「元気にしていますか。しばらくお手紙を出せなかったことをお詫びします。でも僕は書けない間もずっとあなたのことを考えていました。今は少し暑くて乾いたところにいます。いや、実は寒くて湿った所なのかもしれません。こんな日は、いつか雪の日にあなたと一緒に食べた温かいシチューのことを想い出します。帰ったらまた一緒に食べましょう。それが夏でも、冬でも。それまでお元気で」

意識が薄らぎ眠りにつこうとしたとき、砂の上に一匹の蛇が見えた。何の生命もない夕闇の砂漠に一筋の細い線が走った。僕をさいなみ続けた真昼の太陽は、砂の大地にじきに消え入ろうとしていた。この路が目に残っているうちに、僕は歩かねばならない。でもどうしてなのだろう？　僕は何をしようとしているのだろう。ここから出たところで、それが何になるのだろう。でもどうしてなのだろう？　僕がここから出なかったとして、それが何になるのだろう。砂はきっと喜んではくれないんだ。僕の命を賭しても、僕のすべてを捧げても、僕の命の中心にある、あの森の秘密を打ち明けても——砂はそんな軽いものでは満足してはくれないんだ。砂漠にはその本当に奥深くまで浸みこむほどの、暗くて重い水脈が必要なんだ。夜闇と同じくらいに深くて遠いものしか彼らは必要としていない。彼らが欲しているのは、彼らを秘密で毎夜抱いている深く暗く穢れのない残酷な星空だけなんだ。僕はふたたび激しく泣いた。体にこんなに水分が残っているなんて信じられないことだった。涙はどこから湧き出すのだろう。僕は砂にも裏切られた。そして行く手に灯りが見えた。

僕は今でもあの葉書のことを想い出す。あれはちゃんと届いただろうか。それは僕にはわからない。けれど僕はあれを書いたから、今でもこうして生きている。理由はわからない。でもそれはすごく確かなことなんだ。僕にはそれがわかるんだ。

千尋、「いいか想い出せ」の巻

色相環を構成する色、つまり赤とか青とか緑とかいったものは英語ではhueという。これはもともと表面や外見を意味する古英語hiwから来ているようだが、hueというスペルの言葉にはもうひとつ全く違う語源で、叫ぶ、罵声を浴びせる、叫喚するという意味がある。罪人が泣き叫ぶところの叫喚地獄のそれである。後者は人の罵声である「ヒュー」という音を模した擬音語だ。つまりhueと綴られる一つ言葉には、まったく出自の異なる「色彩」と「叫び」という二人の輩がくっついているのだ。なにも千尋が彼らの出逢いにえにしを感じる必要などないのだが、これはひとつのヒントではあった。ヒューのもとにこうして相見えたのも何かの縁。点描が抱え持つ抹殺された叫びを召喚することに力を注いでみよう、千尋はそう考えた――残り四割を切り崩すための抜本的な改革——これまでの合理路線を断腸の思いで切り捨て、自らもって点描の泥沼に身を投げ出さねばならない。彼らに勝つにはそれしか方法がなかった。季節は六月末になっていた。アメリカの大学ではすでに夏季休暇に入り、千尋の点描への熱意と執念とが遺憾なく発揮されつつあった。ガラス越しの静観姿勢ではもうだめなのだ。点描の欲望を聞き出さねばならない。自ら点描と交わらなければならない。命綱を手放すときがやってきた。そうすれば必ずや彼らは答えてくれるはずだ。そうだろう。愛人関係とはそういうものだ。心と体をあずけた愛人にならば人は何でも渡すものだ。お金、ドラッグ、秘密、またお金？　だめだ、発想力が貧弱だ。愛人が愛人に渡す物など、私は知らん。図書館娘の無力を露呈だ。私にはホントのところアメリカの単純さがとても似合っているのだ。隠微な取引の才能など全くないではないか——どうするか。苦手分野の開拓が迫られている。千尋は一仕事するまえに単純明快栄養満点の炒めもので腹ごしらえをすることにした。困ったときはとりあえず食べる。これが栄養立国ニッポンにおけるあらゆるゴタゴタの解決法である。ポリフェノール、カプサイシン、ドコサヘキサエン酸、ナットウキナーゼなんでも来い。これさえあれば人生バラ色おしゃべり七色、あらゆる難問がたちどころに解決する。千尋は鶏肉にあらん限りの野菜をぶちこんだ炒めものに、塩と胡椒をふりかけた。悪いが味付けは簡単にさせてもらう。ここはアメリカ。

シンプル・イズ・ザ・ベスト。おのずと女性ラップグループのパイオニア「サルタンペパ」すなわち「塩と胡椒」の曲が想い浮かんだ。彼らのすがすがしい笑顔。アメリカの美徳。そうだ、聞きにくいことは単刀直入に聞いてみよう。点描に直接話しかけてみよう。レッツ・トークアバウト・セックス、ベイベー。

教えておくれよ、ぶつぶつよ。おまえの過去をカモン、ベイベー。あなたのセックス聞かせてください、あなたの叫びを聞かせてください。あなたの秘密と怨念を。アハンアハン、ベイベイベ――千尋は自分で口ずさみながら思わず頭を抱えた。この曲は旋律も歌詞もまさしく淫靡の対極に位置していた。黒人女性ラップグループの先駆者として今では学術論文にも好んで取りざたされるようになったサルタンペパ。千尋だって他人事ではないのだ。私だってここではアジア人＋女という二重の制約を受けた紛れもないマイノリティ。同志の活躍は鼻高々なことこの上ない。しかし言わせてもらおう。こんなにエッチじゃないエッチ談義などあっていいのか。セックスに「ついて」語る、すなわちメタセックス。女に「ついて」語る、すなわちメタ女。アジア人に「ついて」語る、すなわちメタアジア人。マイノリティは自ら語り、自身の存在を明るみに出すことによって世界における権利の獲得につとめてきた。求められるのは明快さ。おばかな皇帝でも分かる論理。黒人であればオバマに、女であればヒラリーに、エヴアンゲリストならマケインに。わざわざ「女」だとか「日本人」だとかいうラベルを貼って自らの権利を主張する。おいおいそんなんでいいのか？　われわれマイノリティはそういう風に判断されるのがイヤだから、わざわざつまらんバカ殿相手に楯ついてきたのではないか。われらが朋友であるぶつぶつにラベルなど付いてはいない。名前などないのだ。もっと相手をじっと見るのだ。オバマの肌の色が分からなくなるくらいに。オバマの名前など忘れてしまうくらいに。君らはオバマが黒人だから支持するのではなくて、オバマが好きだから支持するんだろう。あえて言おう。そうあるべきだ。我マイノリティとして口を酸っぱくして言おう。そうであるべきだ。セックスは語るのではなくするものなのだ。直接交わるのだ。それが誰であろうと。男でも、女でも、強者でも、弱者でも、白人でも、黒人でも、判事でも、罪人でも、聖人でも、悪魔でも。あらゆるラベルが無化されるほどに。深く沁み入りラベルを溶かすほどに――「セックスについて語りましょ」。何をおっしゃる学者先生。「今からセックスしましょ」でしょ。傍観して何になろう。真の対話を明快にする必要などありはしない。明快でないものを明快にする必要などないのだ。直接性は明快性とは何の関係もありはしない。直接性とはもっと空恐ろしいものなのだ。それは時に明快性と決定的に対決する――単純明快な炒め物を食べ終え、千尋は決意した。腹ごしらえは終わった。ぶつぶつよ、いまから君らと交わりにいく。

梅雨空を知らないアメリカの六月の空の下、千尋はそそくさとアパートを出た。

さて点描が黙っているのはなぜなのだろう。なぜ点描は見る私達にそれと分かる明確なメッセージをくれないのだろう。彼らは自ら身をやつし個性を殺して、ひっそりと息を潜めているのだ。何度見ても忘れてしまう。見れば見るほど混乱する。けれど毎回印象だけは強烈に瞼の奥に残るのだ。幽霊め。私はもっと君らの個性が知りたいのだ。むろん君らはそんなのはしょせん西欧近代のつまらん個人主義でしかないと言うかもしれない。バイトのくせにおまえは意地になっているだけなのだと言うかもしれない。しかし君たち、私にも人情というものがある。君らはあんなに私の脳裏に焼き付くほどに、本当は強い存在なのだ。弱く見せかけておきながら本当は絶大な力をもっているのだ。君らはこの百年来世界を魅了しているモビィ・ディック大クジラ先生と同じくらいすごい奴なのだ。私はそのことを見出した。私はすごい奴が好きなのだ。だから教えてほしい。君らひとりひとりの声をもっと大切に聞きたいのだ。君らがもっている激しい欲望、底知れぬ秘密、空間恐怖症的慧眼、深く淫靡な愛、そして点描が点描であることのその諦念を——絶対的一者性で私達を悩ます男根クジラに対して、点描は絶対的多数性で私達を絡めとる。点描がある特殊な磁力をもつことは、既にこの二カ月ほどの視覚体験を通じて体の芯で実感したことであった。ラスキン先生はやはり只者ではなかった。色彩とは確かに命を脅かしうる何者かなのだ。点描にはあらゆる過度なエナジーが満ちている。ただそれが無名であるから見過ごされるだけなのだ。無名であること、見過ごされること、目立たないことは、あらゆる重要さ、重篤さ、高貴さ、激烈さの否定にはならない——言わせてもらおう。世の中はいささか極端なものに価値を置きすぎているのだ。惨殺死体やモビィ・ディックは確かに素敵だ。世の中はこの二つを追って動いているのだ。こんなことを言うとどこかの良心的市民団体は私を悪魔扱いするかもしれない。しかしメディアが追い、人の目が追い、人の噂が半狂乱で追いかけているのは、結局モビィ・ディックと惨殺死体なのだ。皆自分の心に訊いてみるがいい。死体とペニスに目が行ってしまうのは誰でも同じことだ。恥ずべきことではない。それは欲望だ。私達は不滅の生と壊滅的な死の両極に憧れている。しかしそれは同時に空虚なことでもある。ヒロシマを語り継ぐことは、圧倒的な核エネルギーと焼け焦げた死体とを語ることではない。暴力とその帰結によって全壊滅したものは、もはや肉屋と肉の切り身の関係でしかないのだ。物心二元論のアナクロニズムと言うなかれ。やはりスーパーにおかれた肉の切り身は魂を抜かれた物質であり、食肉加工場は魂を抜かれた殺戮機械である。決定的な暴力と決定的な死にはもはや魂などないのだ。魂のあるところにもう一度戻ろう。戦争を語るために戦争を体験する必要など毛頭ない。死体の山を実際に目にしたところで何になろう。本当に試されているのは、暴力によっていとも簡単に破壊される交換しえない何ものかの価値を見いだせるかどうか。極めて重要だけれども壊れやすく、一度壊れたら絶対取り返しのつかない、地味で分かりにくいものの価値に気づくかどうか。何かのあいだに横たわる中途半端なものの潜在的価値とその絶大な力を見出しえるかどうか。必然性と論理性の隙間から聞こえてくるほとんど消え入りそうな普通の声に耳を傾けられるかどうか——点描が表象しているのは、たぶんそういう価値なのだ。点描が試しているのは、たぶんそういう能力なのだ——ただ分かりにくいだけなのだ。非常に困難なだけなのだ。しかし困難なことはあきらめることの理由にはならない、そうでしょう?

点描の話を聞くこと、だからそれは平和のうちにあるぶつぶつのネガを知ることだ。静止と安定が潜在的に内包しうる破滅の悲惨さを想像すること。悲惨さは幸福のネガである。点描が提示している凡庸さと平和さとそれがなんとか隠しおおせている血の臭いの価値を見出すこと。点描である今、ぶつぶつはある種の平和状態あるいは休戦状態にある。点描と対話すること、それはその危ういアパシーに揺さぶりをかけて、現在の静止状態の前にあった愛と、その後の破滅の可能性を聞き出すこと。もしくは静止状態の前にあった破滅と、これから始まる愛の可能性を聞き出すこと——ぶつぶつはあらゆる関係的存在の巣窟である。幽霊もテロリストも守護霊もきっとぶつぶつの中に隠れている。関係性のうちにしか存在し得ない輩たち。あらゆるテクストは他のテクストの一部であるとどこかの言語学者は言っていた。あらゆる表象もおそらく然りだ。ペニスと死体の両極の間には広大なグラデーションの世界が広がっている——嫉妬、憎悪、愛、引力、斥力、闘争、赦し、祈り、そして供犠——関係性のうちにしか発揮されない力というものがある。いや世の中の力とは原理的にはそういうものなのだ。両極を司る生と死と、その二つを司るかもしれないとある存在以外に真に自律的な力は存在しない。関係性のうちに力は生まれる。消沈すること、共振すること、歓喜すること、愛撫すること、それらはすべて関係性のうちにある。ぶつぶつを知覚することが双眼視の眩暈に類似すると十九世紀のある色彩学者は的確に指摘した。そのとおりだ。ぶつぶつを知るには少なくとも二つの目が必要なのだ。二つ以上の何ものかが出逢ったときに生ずる何らかの電荷が必要なのだ。点描は関係的である限りにおいて感情的だ。命ある限りにおいて欲望に浴している。問題はそれが眠っているということなのだ。雁字搦めにされて、見えすぎていて、隣のやつらと何重にも手をつないでいたとしたら、声を出すことなどできないではないか。某島国国家の縮図のようだ。泥沼から声なき声を聞き出さねばならない。召喚せよ。私も表象を扱う者の端くれ。深く沈潜した彼らの想いを、わずかのあいだ聞き出さねばならない。いささか説教を垂れすぎた。学者志願の悪い癖。レッツ・ムーブオン。しかして計画は遂行される——作戦名「秘密の花園ぶつぶつ物語。あなたの愚痴をお聞きします」——英米文学ファンタジーと日本の恨み節がここに集結す。秘密の庭で奇跡を待つ。なかなかいい名前ではないか。

千尋はこの「秘密の花園大作戦」のもとにこれから点描に話しかける七つの術を考えてみた。点描の安定性に揺さぶりをかけてぶつぶつの声なき声を召喚する方法である。あらゆる秘密は例外である。彼らの秘密を聞き出せれば個性はおのずと明らかになるだろう。これまではただ点描の個性を押し殺し論理の枠組みに入れようと四苦八苦してきた。しかしここからは彼らの個性を素直に受け入れることにした。しかも千尋の主観も前面に押し出そうと考えた。二つの異なる個性が触れ合うとき、何らかの発見もあるだろう——千尋は第一作戦から順に遂行することにした。各段階で見つかったものを順次振るい落としていく。最後の第七作戦を終えるころには、四〇〇枚中三〇〇枚くらいは見つかっていてほしい。目指すは勝率九割。どんなスポーツでも王者になれる数字だ。われ欲張りなり。まさかこんなに欲張りとは自分でも今まで気づかなかった。

第一戦法、残像の出方を探れ。あなたのオーラを知るために

この作戦は、今まで拒絶してきた残像を積極的に利用して作家の同定を図るものだ。一目見て誰の作品か簡単に見当がつくものもあるが、半分ほどはよく分からないものだ。そういう場合は残像に訊いてみるといい。残像というのは潜在的な個性を増幅するので、各作家によってその出方に特徴がある。ある存在とそのオーラは必ずしも性質を同じくしない。十秒ほどじっと点描を見つめて目を閉じると、瞼にぶつぶつが舞う。十秒見た程度では残像に色がついて現れることは少ないが、とにかく白っぽい光が瞼を舞うのだ。大きく分けると、比較的細かくて強い残像が残るのがスーラ、シニャック、クロス、アングラン。皮膜のようにまったりと明るくなるのがプティ＝ジャンとヴァン・デ・ヴェルデといった作家である。後者の二人の色彩対比は画面全体のレベルではそれなりに強いのだが、点描というミクロのレベルでは同系色を隣に置くため、表象が潜在的にもっているストレスが少ない。一方一番激しい光跡が残るのがシャルル・アングランだ。彼の絵も人生もなんとも凡庸と言わざるをえないが、隣合う色彩関係には葛藤が多い。彼は強いコントラストによって結果的に地味な画面を作り出している。さらに残像が出る速度にも作家それぞれに個性がある。スーラはゆっくりと、シニャックははやく残像が現れる。ひとそれぞれ、作品それぞれだ。知覚することは行為である。プラグマティズ

ムの国で学んだこと。ここで判別できたのは二枚だけ。しかし大まかに作家の分類をすることができた。

第二戦法、色を分解せよ。あなたを愛してバラバラ殺人

安定した関係性を揺さぶるには、やはり何らかの欠員を出すことが手っ取り早い方法だ。大して役に立たなそうなおじさんなのに、いなくなると寂しくなるということもあろうし、大層目立つスターなのに、いなくてもどうでもいいということもあろう。そこでぶつぶつに色セロファンをあててみるのだ。ある色を消していくと、見えなかった力関係が見えてくる。消えた色が支えていた隠れた物語が見えてくるのだ。例えば一色欠員を出すと明らかに欠乏感が残るのがシニャックやヴァンデ・ヴェルデのぶつぶつ。逆に、一色抜いても相変わらずぐずぐずしているのがピサロのぶつぶつだ。一色抜くだけで作家の癖も一目瞭然となる。殺人や失踪のような非常事態のときにこそ人の本質が現れ出るものだ。ここで五〇枚ほど同定される。非常事態万歳。

第三戦法、余白を知れ。あなたの恥部を探りたい

どんなものにも余白はある。ゲシュタルト心理学者は地と図の転換の可能性を提示したが、点描の問題は言うまでもなく何が地だか図だか分からないところにある。とにかく全部塗ってある。世界はぶつぶつで埋め尽くされていて、もはや覆すことは不可能であるかのようだ。お役所仕事蔓延るどこかの島国のごとき事態だ。その国では星の数ほど、いやもしかしたらそれ以上かもしれないほどに、無数のハンコが歴史的な雄大さで押され続けている。しかし何一つ変わったためしはない。世界の危うい均衡を保つために、日々ハンコは押され続ける。血の滲むほどの英雄的な努力。その朱肉たるや、まさしく日本国民の血の量に匹敵する。この血の池地獄から抜け出すにはどうすればいいのか。そこに希望はあるのだろうか。そうだ余白を見つければいいのだ。血に染まっていないわずかな隙間を発見すればいい。日本国民たりとも時にはハンコを忘れることくらいはあるだろう。希望の希の字の成り立ちは皆さんも御存知のとおりだ。綿密に織られた布地のわずかな隙間を意味する。そこを指すのだ。針のように、正確に。極めて稀はであるが、そういう隙間がないことはない。布がある限り、隙間は存在する。とある批評家によればセザンヌは「人生の余白に住んでいた」というではないか。偏屈じじいはわざわざ好んで変な場所に住むものだ――あなた、そんな恥ずかしいところに住むのはやめてく

ださい——いやいや、住みたいんだから仕方がない。俺は余白が好きなんだ——誰であれ、人が住めるほどでかいところを完全に見逃すことはない。私とて研究者の卵。点描の余白を見つけることくらいできなくはない。コンピューターの力を借りねばならぬが。しかして点描の余白はフォトショップ操作によって見出された。これは効果てき面。指紋捜査官のような的確さで二〇〇枚近くのぶつぶつの出自を見つけ出す。グッド・ジョブ、チヒロ。朱肉と人情の国からXファイルとCSIの国へ。誘い出したのはなぜかフランス人セザンヌだ。

第四戦法、立体メガネで見てみよう。あなたをこの世に呼び出すために

子供のころ、近所の商店街のくじ引きで当てた「つくば科学万博」日帰り旅行の印象は鮮烈だった。日本一高い山の名前を冠したある企業のパビリオンでは赤と緑の立体メガネが配られ、三次元の恐るべき映像＝虚像＝立像が繰り広げられていた。家に帰って早速、緑のかき氷シロップと赤いラー油で試してみたがうまくはいかなかった。それからはや四半世紀、千尋も少しは大人になった。今度は異国にて色セロファンをきちんと購入し、それらしきものを作ってみた。アメリカ製立体メガネで覗いた点描は、確かに三次元的函数を千尋に与えてくれたようだった。もちろん点描は何ら像を結ぶことはない。しかし赤と緑の二つの視線は、ぶつぶつに新たな命を与えるのだ。今まで二次元世界に閉じ込められてきたぶつぶつは命を得てこちらに向かい、もしくはこちらを遠ざける。私とぶつぶつとの関係が初めて立体的に成立する。私達の間にぶつぶつの橋が架かるのだ。なんとも危うい橋ではあるが、あるだけよしとしようではないか。アボットのフラットランドの住人も、色があったら簡単に二次元を脱け出せただろうに。ここで幸運にも見出されたぶつぶつは約七〇枚。西富岡商店街に乾杯。

第五戦法、穴をあけよ。乱闘だ、場外乱闘だ

さて、点描とわたくしとの三次元的関係が成立したところで、残すところ八一枚。立体メガネで見る以外に、眼の前にある二次元のぶつぶつと関わるにはどのような方法があるのだろうかと考えてみた。やはり初歩的な方法は、相手に触れて働きかけてみることであろう。ひとまず千尋は点描に穴を開けてみることにした。セックスの寓意と言うなかれ。千尋は女である。安易なアカデミック・ボキャブラリーを手なずけて満足してはならない。これは乱闘だ。押し黙った点描に喧嘩を売って襲いかかれ。フォンタナ風切り傷、イサム・ノグチ風円環、草間彌生風水玉。縦へ横へ上へ下へ縦横無尽に切りつける。そして殴りかかったあとは、その切り口をよく観察するのだ。労力の割にはかなり漠たる作戦ではあるが、それでもぶつぶつがもって

いる個性が浮き彫りとなる。特に切り口付近の色の出方は、作品の同定に有効である。無口な輩も殴れば喋る。ここで見つかったのは二八枚。申し訳ないぶつぶつよ。私はホントのところ暴力は好きでないのだ。でも大丈夫。君はいくら殴っても、ＤＶＤの中で無傷で生き延びているのだから。

第六戦法、なぞってみよう。あなたをシラフにするために。黒幕のしっぽをつかめ

ここで少し冷静になってみようと思う。少しは色彩の世界からかたちの世界に回帰しても文句は言われまい。泥沼の感情から論理を引き出すべく立ち上がる。とはいっても、もはや客観的もしくは第三者的かたちを見出すには遅すぎるのだ。私達は既に関係を結んでしまった。もはや冷静な判断で点描を見つめることは不可能なのだ。そこで千尋はぶつぶつに線を引いてみることにする。自分なりのルールでもって、千尋にしか引けない線を。例えば画面のなかのある特定の緑だけに着目してみる。そして例えば左から右へ、上から下へ、隣合うその緑を線で結んでいくのだ。でき上ったものを見ると、潜在化していた色の密度と関係の方向性、画家の色の置き方が実に鮮やかに見て取れる。ぶつぶつはかなり個性的な性格を帯びるのだ。しかもこの作業によって千尋は画家の制作の動線を多少なりともなぞることになる。点描作家は一度ある色をつけた筆をもったら、しばらくそれを使い続けるはずだ。画家がある緑を筆先につけて、ぶつぶつを打っていたその行為を千尋も倣うことができる。ぶつぶつ—画家—千尋。十九世紀フランスの画家が千尋に憑依するのだ。ぶつぶつと私との関係は、その創造主すなわち画家を通じて繋がれる。ちょっとロマンチック。いやいやこんなことで浮かれてはいけない。創造主はまたの名を黒幕とも言う。ここで探し当てたもの三十五枚。悪魔であれ、天使であれ、たまには人の力を借りるのも悪くない。

第七戦法、一番好きなのは誰ですか？　あなたです！

最後の作戦に差し掛からんとする頃、残すところは一〇〇一枚中たったの十八枚になっていた。確かに意気込んで始めはしたが、まさかこんなに見つけ出せるとは実際のところ予想だにしていなかった。どうせ二〇〇枚ほどを残して敗走を迫られるのだろうと本心では高をくくっていたのだ。すべて見つけてみたい気もするが、この時点でかなり満足といえば満足でもあった。だいたいここにきてかなり疲れてもきた。ちょっとした夏バテである。仮にこの残り十八枚が見つからずじまいだったとしても、まあ悔いはないだろう。しかしここまで来たら「秘密の花園大作戦」も最後まで責任をもって遂行しなければならない。これが研究者としての責任の取り方。長年の訓練によって得た後天的几帳面さである——さて、最後に千尋が計画したのは、ひとつの点描画面から自分が一番好きな一粒だけを選ぶという作業である。もはや残すところ十八枚だけになった点描なのだから、それだけでも愛着やるかたなき存在なのだが、そのなかでも一画面につき一番好きな点をそれぞれにつきピックアップするのだ。一番目立つとか一番重要とかいった第三者的価値による選択ではない。ただ特定の集合の中から自分が「一番好きな」点を選ぶのだ。まずもってこれは最後の作戦なのだから、自分の主体性を全開にして点描と深く関わりたいという欲望があった。人の好みというのはそう簡単には変わらない。この十八枚の点描はどこから来たか分からずに帰れなくなっている。その人ごみの中で一番好きな人物、その砂漠の砂のなかで一番好きな一粒を見つけたら、それを頼りに失われた世界を取り戻せるかもしれない。一番愛されたぶつぶつたちが世界を繋ぐのだ。私の愛が、ぶつぶつとその故郷という二つの世界を繋ぐ蝶番となる。さらにつけ加えれば、好みの判断というのは相手が置かれた関係性によっても決定づけられる。同じ点でも置かれた場所によって、魅力的に見えたり見えなかったりする。ある点をピックアップすることは、その周りの付き人も拾い上げることである。この星雲のような一つの小世界を、他の宇宙の中にも探り当てるのだ。ただ自分の好みだけを頼りに。これは千尋と点描という二つの自我がないと決してできない作業である。これは驚くべきことにすばらしい成功率で片割れを見つけることができた。確かにすでに十八枚と数少なくなっていたことと、すでに作家や年代の同定をこれまで多くの過程で済ませていたことも要因ではある。しかしある一つの世界で「好きな」ぶつぶつは、結局のところ何度選んでも同じことがほとんどなのだ。たとえばある葉書大の点描図像から一番好きな一粒を探り当てる。そしてその御供と思われる付き人も十粒ほど連れて一区画をピックアップする。だいたい直径五ミリから一センチくらいのぶつぶつの塊である。そしてその塊をフォトショップに「コピー」して、出自を記録して、標本のように並べていくのだ。するとしばらく作業を進めていくうちに、同じような塊がいくつか出てくる。それらを照合して二つのものが一致したら「あたり」である。めでたくあたりがついたぶつぶつは無事故郷に帰っていく。彼らを待つぶつぶつのもとに帰っていけるのだ。この作業には正直なところ時間がかかった。残された十八枚の中から自分の好みを割り出すのは一時間もあれば充分だが、相方である膨大かつ無規定な画集から好きな輩を拾い上げるのは容易な作業ではない。千尋は毎日、まず主要な画集から画像をスキャンして、デザイナーが収集していた点描写真の縮尺と同じくらいの大きさにパソコンで変換した。そしてあとはただひたすらに好きなぶつぶつがどれかを見据え、それを選び出し、集めていった。真剣に取り組んでまる一カ月を要した。しかし成果は大きかった。十八枚中十七枚の出自をここでなんとか見つけ出した。もはや探偵、迷子案内、スピリチュアル・カウンセラー。大学院などやめて、さっさと別の職を探したほうがいいかもしれない。あなたの片割れ探します。お困りの方はご相談ください。わたくしに。ぜひこのわたくしに。

「秘密の花園大作戦」はしかして終了した。言うは易しではあるが、これは激烈な努力の日々であった。七つの作戦をすべて終えた頃には約二カ月が経過し、季節は八月末となっていた。空調が年中効いていて蚊がほとんどいない千尋の滞在する土地でも夏特有の疲労が残った。秋学期がもう始まろうとしている。しかし約束の期限まではさらにあと二カ月余りもあった。あまりに真剣に取り組んだために、図らずもこの時点であと一枚というエベレストに近いくらいの高さまで来てしまっていた。驚き以外のなにものでもない。誰が一〇〇一枚中一〇〇〇枚をただのバイトが探し当てると思ってもみただろうか。だいいち千尋がこんなことにかかずらっているのを知っているのは、私とあの教授しかいないのだ。秘密のミッション。誰にも顧みられないテロリスト的画策。しかしここまで来るともはや依頼主と仕事人との関係をはるかに凌駕して余りある事態に発展していた。この際、依頼人の教授がどう思おうが関係ない。すでに一〇〇〇枚見つけているのだから、プラグマティストかつ合理主義者の彼女は満足するにきまっているのだ。けれど千尋はここで諦めるわけにはいかなかった。勝手にしやがれベイベー。これは私と点描との問題なのだ。ここまで来たら真剣勝負。一対一で勝負しよう。千尋は最後の一枚を見つけ出すまで、この仕事はやめない覚悟でいくことにした。

しかしなんだか気持ちが悪いことは確かだ。一〇〇〇枚見つけて一枚だけ見つからないなんてやっぱり妙な気分だ。なんだかむずむずする。見つけないと天変地異でも起こるのではなかろうか。いや見つけると逆に何か起こってしまうのではあるまいか。最初は相手をねじ伏せようと血気盛んな千尋であったが、勝負がホントの一騎打ちになると、なんだか及び腰になってきた。あとはこの残された地味な点描と差し向かいで対話しなければならないのだ。こんなに頑張ったのに見つけられなかった奴に、いったい私は勝てるのだろうか。あの血の海を見たときのようなやり場のない不安が襲ってきた。とろとろしていて湿っている、あの感じだ。初夏の湿った空気が舞い戻ってきたような気分だ。もう八月も末。晩夏だ。千尋よ、落ち着け。ここは太陽輝くアメリカではないか——あらゆる捜索の手を唯一免れてきたこのぶつぶつ、つまりこの世で最も地味なぶつぶつは、千尋の予想ではおそらくカミーユ・ピサロの初期の点描、つまり彼の一八八六年から一八八七年頃の作品から取られたものであるように思われた。しつこく繰り返して恐縮だが、やはり地味なぶつぶつである。茶色だか、赤だか、緑だか、黄色だか分からないぶつぶつがたくさん打ってあるが、何を描いているのかはこの部分図だけでは全く見当がつかない。しかし筆致は確かにピサロのものに見えた。他の同時代作家よりは筆致が粗削りである。さらにその地味なぶつぶつは色相の幅からもピサロの点描を彷彿とさせた。ピサロのぶつぶつは他の作品に比べてやや暖色や緑が多い。筆致も色彩もある意味では暴力的なのだが、それは大胆さというよりは過渡期的な作品がもつぐずぐずした混乱だった。彼の作品は彼の私生活と同じくらい迷いに満ちていた。同時代のとある批評家兼小説家はごもっともに言っている――「ピサロ氏は無名だ。おそらく誰も彼については語るまい……けれど私はあなたに感謝する。サロンという無限の砂漠を旅する私を、あなたの冬景色はわずかのあいだ寛がせてくれたのだから。あなたの作品が入選を果たすのは簡単ではなかったと思う。それだけに私はあなたに心から祝福を送りたい。けれどあなたの作品はあまりにも粗野であまりに暗いので、誰も喜ばすことができないということを、あなたは知っておくべきなのだ」――まったくもって言われ放題。ほぼ事実であるからにますます辛い。しかしこれを言った批評家も小説家つまり芸術家としては大したことはなかった。目くそ鼻くそ刺し違い。しかしこの点描がピサロの作品であれば、ここ数カ月の千尋は点描探訪の狂乱のなかで、すでにこのぶつぶつに出会っていたのかもしれないのだった。ピサロ作品の複写はレゾネをはじめ全部見ている。しかもこの点描を集めていた当の日本人デザイナーは、年表を見る限り欧州渡航経験がない。その彼が複写物以外の現物を目にしえた可能性は極めて低いのだ。たとえばピサロの未発表作品のようなものが仮にあるとして、そういうものを研究者に先駆けて彼が日本で見た可能性はほぼゼロに近いだろう。しかも彼が点描を集めていたのは、まだ海外との物流交渉が盛んでない一九二五年から一九五七年までの期間なのだ。そう考えるとやはり私はこのぶつぶつを既に見ているのに、まんまと見逃してきたのかもしれない。随分しつこく見てきたはずなのに！

千尋はこの数カ月の格闘で正直なところ疲労困憊していたので帰って休むことにした。少し休んで、この一枚を今後どう処するかゆっくり考えることにしよう——真夏の日差しは疲れた千尋を真上から照りつけた。日本では立秋も過ぎると体が秋を予感するものだが、千尋が住んでいる北米の土地ではそういうことはほとんどなかった。感性が鈍ったわけではないのだ。ただ土地がそういう感性を受け入れないのだ。暑ければ夏であり、寒ければ冬だった。それはとても美しい明快さだった。暑さの中に真冬の寒さを感じとることはここでは困難であった。しかもそんなことをする必要はなかった。暑ければ夏を楽しみ、明るければ光を愛せばいい。夏のさなかに冬を想って涙することもなければ、冬のさなかに真夏の太陽を想って戦慄する必要もないのだ。千尋は今やこの影なき土地の住人になった。この美しい楽園の住人になった。こんな私にあの地味な点描を探し当てることなんて出来るのだろうか――千尋はあと二カ月で一枚を探し当てるという勝算十分の戦いを前にしながら、漠たる挫折感に襲われていた。思った以上に私はこの仕事に身も心も入れ揚げている。これはもはや否定しようもない事実であった。千尋はなんだか心細くて泣きたい気分になった。

アパートに帰り郵便受けを開けると、千尋に手紙が届いていた。日本にいる母親からである。白い封筒には、千尋の飼い猫に似た三毛猫が二匹描かれた葉書と、日本の自宅の庭に咲いた桔梗の写真が同封してあった。アメリカに行くことになった夏、家族は千尋が無事帰ってくるようにと桔梗を庭に植えた。深く鮮やかな紫。ここ数年見たことのない艶やかな湿気のある紫だった。

「ちひろちゃんへ。元気にしていますか？　こちらはパパもママも元気です。いっちももっちも元気にしています。八月にはちひろちゃんのキキョウの花もきれいに咲きました。最近はすごくとろっとした顔の茶トラとちょぼっとした髭のはえたブチ猫がうちに来るようになり、うちの子たちのご飯も食べてしまいます。ママはちょっと心配です。でもパパはいっちともっちが元気そうだから大丈夫と言っています。すごく暑いですが、ちひろちゃんも体に気をつけて。

また冬に会えるのを楽しみにしています。ママより」

飛行機乗り、夢を見る。山頂にて

僕は美しい山頂にいた。空と陸とが二人だけで出逢うところだった。空気はうすく空は深かった。長い間空を飛んでいればこういうこともあるのだと思った。空気はひどく透明で、山の端はもうすぐ沈もうとする太陽に照らされて、きらきらと、けれどとても柔らかく光っていた。目に見えるすべてがひとつになって、影はこれ以上ないほどに複雑なかたちを広げて山肌をゆっくりと撫でていた。影と日の光は手を握るように絡みあい、山をつくる大きな塊が異様な力を発して空に抱かれていた。ずっしりと脈動するのが感じられた。これが頂点だった。

僕はそこでお父さんの夢をみた。デッドエンドでともに暮らした僕のお父さんの夢だった——遠くにいる。お父さんは何かを見ていた。すごく遠くにあるなにかを見ていた。お父さんの視線の先には二つの頂をもつなだらかな膨らみがあった。山のような丘のような不思議なかたちをしていた。その二つの頂には二つの穴があいていたようだった。山というよりはクレーターだったのかもしれない。宇宙から地球に落ちてきた隕石が大地に残した遠い昔の穴だったのかもしれない。そこは白く濁った茶色い土と、赤く乾いた硬い土とが出逢う場所のようだった。そこはなにか異質なものが出逢う世界の境目だった。とても美しかった。そのなだらかな丘陵は高くもなく、低くもなく、白く濁った明るい空に開かれていた。あたりには冷たく綺麗な空気がただよっている。昼であるにもかかわらず、その明るく白濁した青い空には幾重にも流れ星の跡が残っていた。細く長い道、乾いた道。その山のまわりを一本の道が取り巻いているようだった。けれどあまりに長く、あまりに遠くて、僕にはその道が二つの穴をもつあの世界の境目まで通じているのかよくわからなかった。お父さんが遠くで見ていた。僕はそれを感じていた。そして僕は誰かと一緒にその道を歩いていた。お父さん以外の誰かが僕の隣にいた。細く長い、どこに行くのか分からない道。隕石が跡を残したこの透明な場所で、僕は誰かと一緒に歩いていた。僕たちふたり以外、そこには誰もいなかった。

「この道が続くかぎり一緒に歩こう」

もし僕らが最後まで行き着いたなら、きっと道が僕らを選んでくれたんだ。この道が切れずに続くかぎり、僕は君と一緒に歩こう。やめることは僕らにはできない。ふたつの山。空に対して開かれた山。流れ星を受け留める空に開かれた山。僕のそばにはつねに誰かがいてくれた。風は冷たかったが、日射しは熱かった。とても乾いて、とても不安だった。けれど僕の横にはかならず誰かがいてくれた。その誰かは、誰なのか分からないような気もしたし、誰なのか分かりきっているような気もした。遠くにお父さんがいた。お父さんが見ていた。お父さんがどこにいるのか僕にはわからない。あのデッドエンドの家かもしれないし、僕の隣にいたのかもしれなかった。けれどお父さんの視線はつねに僕らの旅路とともにあった——その二つの頂をもつ山は僕らのすぐ近くに迫ってくるように大きく見えた。その山は僕らがどこを歩いていても、まるで向こうから僕らを追ってくるようだった。けれど僕らがその世界の境目に行こうとすると、それは近いようでいつも遠かった。生きているような強く不思議な山。僕らはその白濁した透明な道を延々と歩いた。僕らは風に吹かれ、いつも少し乾いていた。そしていつも少し不安だった。僕は隣にいる誰かにもう少し先まで行っていいかと尋ねた。その隣にいる誰かは黙ってついてきてくれた。僕らはどこかで引き返してもいいと思っていたのだ。けれどその道は終わることがなかった。どこまでいくのか、どこにいくのか、僕らにはわからなかった。山に近づいていているような気もしたし、遠ざかっているような気もした。僕らはただ前を向いて歩いた。その誰かは黙ってついてきてくれた。そしてまたしばらくすると、隣にいる誰かが、もう少し先まで行っていいかと僕に尋ねた。僕は黙ってついていった。僕らは歩き続けた。道は僕らを斥けなかった。二人でなければ決して歩き続けることはできなかっただろう。それくらい険しい道のりだった。そして透明で真剣な道のりだった。その道のりを印づけていたのは真剣さでしかなかった。僕らは歩いた。その道は終わることがなかった——そして目が覚めた。僕はまだ山頂にいた。美しい星空だった。深く遠い闇の中で、僕は星に向かって願いをかけた——「お父さん、僕がかつて行ったことのないこの山の向こうへ、僕を連れて行ってくれますか」——

千尋、かつて空色だったブガッティに乗るの巻

あと一枚。一〇〇一枚のうちあと一枚——千尋は高い梯子を昇りすぎて怖くて足元を見下ろせないような心境になっていた。といっても千尋が昇ったことがあるのは、せいぜい図書館に備え付けてある一・五メートルの梯子くらいのものであった。しかし実際に一〇〇〇枚も見つけ出すとは、ヤコブの梯子的芸当であったと自分では思う。ヤコブのような偉人はそんな低能な仕事と一緒にされては迷惑だろうが、申し訳ない、これは言葉の綾である——ところでわが地味な日本人デザイナーは、この残すところ一枚となった問題の点描を一九五七年八月二十二日に入手した。この最後の一枚の探索に至るまで、千尋は作家の伝記的記録や点描の裏に書かれた日付を一切参照しないでフォルマリスティックな方策に終始してきた。それがうまくいっ

ていたから、そうしてきたのだ。実際、名前のないものを探すからには歴史事項を参照しようがなかった。名前もラベルもなければ歴史に名を刻むことはできない。しかしここにきてようやく美術史学習者らしく歴史年表を参照する機会を得たのだ。そこで千尋は既に一〇〇〇枚も見つけてしまったことは教授に一切秘密にし、「まだ六割前後しか見つかっていないので、この作家に関する伝記資料を取り寄せて、ぜひとももう少し頑張りたい」と熱く語ることにした。「六割」という部分以外は全くの真実である。心底から沸きおこる良心の塊のような言葉である。一〇〇〇枚も見つけてしまったなどと言ったら最後、特別ボーナスを支給されてこの仕事ともおさらばだ。そんな残念無念な結果に終わらせるわけにはいかない。

　ところでこれは資料を請求する前に判明したことだが、このよく分からない謎の点描は、まさしく件のデザイナーが最後に収集したぶつぶつ、つまり彼が集めた一〇〇一番目の点描であることが分かった。もともと孫が整理したＤＶＤはどういうわけか日付順には並んでおらず、件の点描が編年順で最後になることを千尋は全く見落としていたのだ。改めて一〇〇一枚全ての入手年月日をチェックしてみると、彼が点描を集めていたのは一九二五年五月二十七日から一九五七年八月二十二日の約三十二年間であることが判明した。ちなみに最初の点描すなわち一九二五年五月二十七日のものは、いかにも初心者らしく、スーラの《グランド・ジャット島》(一八八六)から取られたものだった。女のスカートと猿が重なる有名な部分から取られていたので、最初の段階で簡単に見つけることができた。ではこの一九五七年に最後に収集されたケッタイな点描はいったい何なのだろうか。日本から伝記資料が届く前にこの一九五七年八月末が何か特別な時期であるか、つまり三十二年間続けた点描集めから足を洗うに相応しいほどの何か特別な出来事があった日であるかを調べてみた。たしかに事件はあった。茨城県東海村で「原子の火」が灯り、日本原子力発電が幕開けしたのとほぼ同時期であった。しかしこれは日本の歴史にとってはよくもわるくも大きな出来事ではあるが、この日本人デザイナーにとって重大事件であるようには思い難かった。

そうこうしているうちに二週間ほどで資料は迅速にやってきた。プラグマティストの教授は千尋の熱意に快く応えてくれた。アメリカの教授は熱意に対してポジティブである。すばらしいことだ。現在九月半ば。期限の十一月八日まで二カ月弱である。ところで送られてきた資料は有用ではあったが、さほど量は多くなかった。この作家の作品は消費目的の商業デザインであり、日本では彼の作品も人物もいわゆる美術史の枠組みの中で論じられることはほとんどなかった。新たな研究分野の開拓というのは太平洋くらい巨大な海を越えないと無理なようである。凡人は海を越えないと常識は覆せない。だから千尋も仕方なく海を渡ってきた。そういうわけで、このデザイナーの資料を学問的に整理する人物は今のところ日本列島にはいないようだった。そのため彼の資料をまとめたのは結局すべて彼の孫であった。この孫は美術史家とは関係のない普通の会社員だったようだが、送られてきた年表、書簡、日記、創作ノートは几帳面に管理されていた。ただし日記五冊、創作ノート二冊、受け取った書簡が数十通といった程度で、作家の活動の全貌を知るにはかなり物足りない量だった。無理もない。結局のところ、このデザイナーに関する研究の第一線にいるのは、千尋のボスであるアメリカ人教授一人なのだ。

しかしながら千尋はこの作家の日記に相当な期待を寄せていた。まずもって彼の点描収集の特殊な趣味について何らかの言及があるかもしれない。さらに五冊しかないにもかかわらず、送られてきたその作家の日記は、二十四歳の青年期から八十四歳で死去するまでの人生の主要な時期をほぼおさえていた。しかし実際には彼の日記は肩透かしなほど淡白で、さらに言わせてもらえば、どうでもいい情報の羅列であった。毎日一、二行、天気となぜか贈答品の有無だけがご丁寧に記されていた。隣の誰々さんから羊羹をもらった、だれだれ先生にお歳暮を贈った、といった類である。だいたい天気など気象庁に聞けばいいのだから、わざわざこんな大切な資料に書きこまないでほしいと文句も言いたくなるが、人のことなので文句は言えまい。しかも彼は日記で感情を吐露するということが全くなかった。点描集めのことなどむろん一言も触れていない。毎日同じ筆致で、天気と贈答品の情報が几帳面に記されているだけなのだ。それ以外のことは不定期である。年に数回、「福岡に旅行」、「親戚と法事」のような「事件」がちりばめられている。しかし年に数回である。これは驚くべきことだ。世にかつて出回っていた彼の作品と同じように、彼の日記もまた隙のないものであった。なかなか手ごわい男である。少なくともこの淡白な日記と、彼が受け取った書簡数十通に目を通す限り、年に一、二回、旅行はしていたようだ。しかし点描がらみの土地に出かけている形跡はない。しかも彼は同伴者について一切言及していないため、一人で旅をしているのか、複数人でしているのか、仕事絡みなのか、プライベートなのかも一切分からない。二十代後半から三十代前半にかけて台湾やフィリピンに数度行った記録があるが、それ以外は国内旅行しかしていないようである。さらに友人知人を通じて点描がらみの意見交換や物品のやりとりなどをしている様子もない――しかし一九五七年八月二十二日の日記を調べてみると、多少の発見があった。まず彼はその日にフィリピンのルソン島の小学校に二万円の寄付金を小切手で送っていたのだ。そしてその日は、この資料の編纂に携わり今年の初めに五十歳で病死した彼の孫が生まれた日でもあった。繰り返すが、この日を境に作家は点描集めをやめたのである。さらにこのフィリピンの小学校への資金援助に注目して日記を遡ると、彼は一九二六年初から数カ月に一度必ずこのフィリピンの小学校に現金を寄付していたことが判明した。この寄付は太平洋戦争中の一九四一年から四五年までは途絶えていたようだが、戦後すぐに再開する。そして一九五七年八月二十二日まで現在の額にして一回数万円、数カ月に一度の頻度で几帳面にお金が寄付され続けているのだ。日記によるとこの小学校は一九二九年十二月にいったん火災にあって全焼したという。その後廃校となるのだが、大戦後の一九四八年九月には同じ場所に再建されることになった。彼はこの火災から再建の間の空白の二十年近くもの期間、大戦中以外は関係者にお金を送り続けていたようだ。少なくとも彼自身はそう記している。再建資金だろうか。とにかく日記には数カ月に一度、必ず「フィリピン小学校に金＊＊＊円寄付」という記述が亡霊のように現れるのだ。一体、現地の誰にこんな結構な額の資金を長きにわたり送り続けていたのだろうか。彼が送った手紙というのは保管されていないうえに、住所も記録されていない。彼が受け取った手紙として保管されているものの中にフィリピンからのものもない。金を貰ったら礼状くらいよこさないのだろうか。日記によると彼がフィリピンに渡航したのは一九二五年の十二月十二日から十二月二十四日までのたった十三日間である。この旅の目的は資料では分らない。日記にも書かれていない。創作上の様式変遷など、何ら変わったことはこの時期見出せない。というより彼の作品スタイルは二十歳前後から死ぬまでほとんど変わらないのだ。なんたる職人！

千尋は気が重くなった。普通は資料というのはほぼ確実に理解を助けるものだが、どう考えてもかえって余計な仕事を一つ増やしただけだった。私は日本人おやじのフィリピン渡航のことなど知らない。点描のことを調べていたらフィリピンの小学校までおまけにくっついてきたのだ。私の責任ではない。千尋はなんとかこの歴史的出来事を表象の問題に持ち込もうとして、このデザイナーの創作ノートを再度食い入るように見つめてみたが、まずもって習作の段階でも点描らしき描写は一切見られなかった。しかもこの地味な男、完成作と習作、下書きと本描きがほぼ同一なのだ。彼のノートは図式化された女の線描で溢れている。しかしその中の一つをとれば、どれでもいつでも化粧品のパッケージになりかわり得るものだった。潜在的な作品データベース——この男、なかなか手ごわい。こんなおやじの絵空事に係わっていたら、自分もいつしかこのスケッチブックにあふれる女たちの一人になってしまうかもしれない。時空をさ迷う本当のディアスポラになってしまうかもしれない。気づいた時にはフィリピンの小学校、目覚めたときには十九世紀のフランスなんてことにもなりかねない。ど壺にはまる予感がして、千尋はいったん手を引くことにした。フィリピンと点描との関係も調べてみようとしたが、これもあえなく挫折に終わった。あえて言えばその島々のかたちは「点描的」に見える。けれどそれが何になろう。私がいま手にしている謎の地味な点描は、どう見たってフィリピンのかたちなどしてはいないのだ。この地味な点描も、このおやじも、なんのかたちももっていないのだから。

千尋はこのトラブルメーカーの最後のぶつぶつをプリントアウトし、見つけ出すまで肌身離さず持ち歩くことにした。オー、ユーアー・ザ・コウズ・オブ・ザ・プロブレム。君はこんなに目立たないのに、なんたる問題児なのだ。こいつがピサロのものであればすでに千尋はどこかで絶対に見ているのだ。それ以外でも普段の研究生活で見ている可能性は十分にある。むろん一八九四年以降の点描も射程に入れだした。さらにデザイナー自身がこの点描を作成したという可能性もずいぶん前から千尋は念頭に置いてきた。しかしどうもこのＤＶＤの画像を見る限り、これもまた画集から取られた画像である可能性が高いようだった。ぶつぶつの表面にわずかながら画集表面の光沢と思われる白い光が反射しているのだ。つまり千尋が現在もっている問題のぶつぶつは、他の残りの一〇〇〇枚と同じように、この日本人デザイナーが何らかの複写物から写真撮影した可能性が高いのだ。ポストモダン、シミュラークル。彼自身の制作原理を見せつけられているようだ。女は溢れ、声は沈潜する。しかしそうなのだ、声は沈潜しているだけなのだ。ポストなんとかだからと言って、決して何かが捨て去られたわけではないのだ。この男は人知れぬ水面下で社会的顔とは全く別の顔を持っていた。執拗とも言える熱意と勤勉さで、点描を集め、金をどこか別の国の誰かに送り続けていた。テロリストか、守護霊か。この地味の極みである最後の点描をこの泥沼から救い出すにはどうすればいいのか——何度も繰り返すが、この点描がピサロなら、千尋はたぶんその作品を目にしたことがあるのだ。そしてこれは極めて高い確率でピサロのものであるように思われた。ピサロ周辺の画家や一八九四年以降の点描も当然あたってみた。しかしどうも出だしからしっくりこない。明らかにピサロ以外の画家の筆致ではなかった。実際、点描を真似て描くのは困難の極みである。点描は無意識的レベルに近い表象だからだ。ぶつぶつを真似るということは、物まねをしている俳優に相手の耳のかたちまで真似なさいと要求するくらい酷な命令だろう。点を打つとは世界に触れることであり、点は人が世界に触れるその境界面と響きとを跡づけているのだ。たぶんそれは触覚である。点を打つとき人は世界に触れている。世界の触れかたを真似るのはほとんど無理な注文なのだ。それは奇しくも指先を覆っている指紋が皆異なるように、世界に触れるそのやり方も皆ひとりひとり違うのだ。これは個人主義の称揚とは全く異なる次元の話だ。おそらく単なる事実なのだ。戦後自由主義のアメリカでも、ナチ政権下のドイツでも、指紋は誰一人として同じではなかった。

千尋は苛立ちを隠せなかった。気づけばすでに十月の末になっていた。期限まであと十日。時間だけが無意味に過ぎてゆく。本職の博士論文の仕事もいいかげんに放っておくわけにはいかなくなってきた。この謎のぶつぶつが非常に「見覚えがある」感じの表象であるために、潜在的なストレスは益々たまる一方だった。簡単に見つかりそうなのに見つからない。絶対に見たことがあるはずなのに想い出せない。くやしい。なぜなのだ。千尋は「想い出せない」という事態を生じさせる要因について改めて考えざるをえなかった。なぜ想い出せないのだろう？見たことがあるはずなのに、なぜ想い出せないのだろう？　人はどういうときに想い出せない、と思うのだろう？——①本当に想い出せない。想い出す能力がない。本来は忘れていることすら忘れているのだが、外部からの圧力によって忘れているという事実を知らされる。それゆえ想い出す必要に迫られる。これは私の不徳の致すところ。私の問題だ。能力を磨く以外方法はないだろう。先へ進もう。②想い出してはいけない。私が係わるべき問題ではない。存在論的に侵入が赦されない聖域であり地獄でもある。トラウマにより想起不能になったものはこれに分類されるだろう。私は点描にトラウマ体験があるのだろうか。あるかもしれない。だいたい今回のこの一件はトラウマ以外の何ものでもない。苦笑だ。これでは想いだせるわけがない。

③かつて経験したことがないものである。前代未聞のものである。見たことがあるようで、実はまったく知らないものである。ならば想い出せるはずがない。それならあきらめるしかない。そんなものが目の前に現れてしまったら、あきらめて新しい世界に身をゆだねるしかない――いずれにしても、もはや千尋の手には負えないことのように思われた。これだけ真剣に探しても駄目なのだ。この失敗にはきっと根本的な原因があるのだ。それは自分ではわからない。人は本当に失敗しているときは失敗に気づかないものだ。死角は本当に見えないから死角と言う。普段はその存在すら感じ取ることもないだろう。さてこんなとき人はいったいどうするべきなのだろうか？

「そうだ、いったんすべてを忘れよう」

千尋はやるべきことはやった。手は尽くした。自分でつくづくそう思う。点描研究者の卵としては悪くない戦いであった。恥じることは何もない。もし恥ずべきことがあるとすれば、このプロジェクトに真剣に取り組みすぎたという苦笑すべき事実のみではないか――もうあくせくするのはやめにしよう。困った時は寝るに限る。果報は寝て待てと我が故郷の住人は言うではないか。残り十日。この半年近くぶつぶつみたいな裏世界にかかわってきたのだ。こんな泥試合の最後を締めくくるには夢の世界に沈潜するのが一番であろう。ぶつぶつなんて所詮無意識からの使者みたいなものだ。白昼シラフの時に相手にしたって限界があるのだ。これから夢と話をしようじゃないか。メフィストフェレスに魂を売るように。やくざのことはやくざに聞け。秋の夜長につれづれと。時給十五ドル。この十日間は夢見た時間も仕事時間に入れてもいい。がっぽり稼いで、たまには豪勢においしいものでも食べようではないか。そうだ、饗宴だ。きっと見るに違いない。ぶつぶつが夢に出てくるに違いない。なんだか自信が湧いてきた。点描のためにこんなに尽力してきたのだ。君ならきっと応えてくれる。この最後のぶつぶつがどこにあるかを。そうだそうだ。大団円は夢十夜だ！

そうして千尋は夢を見た――**第一日（十月三十日）**、陶器の亀がひっくり返って粉々に割れる夢。壊れたものが点描にように見えた。これは普段だったらひどく不吉な夢であるが、点描を彷彿させる夢であるため狂喜乱舞す。亀甲や釉薬の資料に嬉々としてあたるが成果上がらず。残念。**第二日（十月三十一日）**、宝くじを一枚だけ買う夢。やっぱりこんなケチケチしてちゃダメですかね、と売店のおじさんに訊いてみる。するとおじさんは「今日はねえちゃん、ツキがあるよ」と言うので、色めき立って目が覚める。だがこの日も何も見つからず。結果は惨敗。無念。**第三日（十一月一日）**、太った足の短い男が足をばたつかせながらマスターベーションしている。男はみるみるうちに白い海に飲まれて、あっぷあっぷしながら溺れている。そこで目覚める。苦笑。こんなあからさまな夢はフロイト学者にだって恥ずかしくて言えない。点描なんか探さず男を探せ。この日は図書館中の男性諸氏が気になり、仕事にならず。あえなく沈潜。**第四日（十一月二日）**、私は鎖に手足を繋がれ土下座する。すみません、これもすべて私のせいです。私を奴隷にしてください、といって泣く。足首が痛いなと思いながら目が覚める。まいったな。これではドMだ。鎖や紐関係の資料にあたるがヒントなし。疲労。**第五日（十一月三日）**、どこかの若い男と大喧嘩する。私はたしか布地の横糸で、縦糸の男と大声で罵倒しあう。乱闘もして泣きじゃくった。「おまえだってひっくり返れば横糸じゃないか」。私は縦糸に向かってこう言って怒鳴りつける。この日は布関係を徹底的に調べるが手掛かりつかめず。さらに疲労。**第六日（十一月四日）**、私は妊娠していた。ものすごく大きなおなかで、子供がふたりほど入っているようだった。なかで何かがうごめいていた。そして突然パンっという音がして、今にも生まれそうになったので、私は歯医者に行く。歯医者？　このへんからもうばかばかしくなって、歯医者の本は見ずに普通の新印象派の画集を見る。しかしこの日も進展なし。当然と言えば当然だ。**第七日（十一月五日）**、大蛇が追ってくる。怖くなって臭い消しを自分の体にふりまくが、効果なし。追いかけてきて噛まれて死んでしまうと思ったその瞬間、蛇の節のひとつひとつが文字になって千尋の全身を包む。よい気分で目が覚めた。けれど何をしていいのか分からなかったので、また新印象派の図版を見る。相変わらず成果なし。このあたりから敗北することに慣れてきた。**第八日（十一月六日）**、いままで見たこともないような綺麗な澄んだ星空の下にひっそりと井戸が現れる。寒い冬の日だった。激しく哀しくなる。起きても哀しい気分がしたので、この日は仕事をせずにオフにする。少し泣いた。**第九日（十一月七日）**、お爺さんとお婆さんが藁ぶき屋根の家の囲炉裏で薪をくべている。炭火は赤々と燃えて、外には黄色い花が咲いていた。春のようだった。お爺さんは何か意気揚々としゃべっていたが、起きたら彼が何を喋っていたか忘れてしまった。仕方ないから花図鑑を見るが、案の条、成果なし――こうして九日間が過ぎた。あっという間であった。慌ただしく、文字通り夢のような九日間であった。悪魔はぶつぶつについては何も教えてくれなかったが、いろいろな夢を見させてくれた。なかなか楽しかった。こんなことなら毎日夢日記を付けてもいい。しかしあと一日ある。あきらめてはならない。まだ点描から目を離してはならないのだ。今までのはちょっとした序章。きっと何かがあるに違いない。私は点描に対してこの半年、それだけのことはやってきたではないか。そしてある種の確信をもって千尋は最後の夜を迎えた。千尋は早めに眠ることにした。幼稚園から大切にしてきた緑の怪獣のぬいぐるみを枕もとにおいて。

——そしてその日も、千尋は夢を見た。不機嫌そうな男が錆びた車で千尋を迎えに来る夢だった。その車はもとの色が分からないくらい赤く錆びたポンコツ車だった。しかし錆びの赤銅色の隙間から鮮やかな青が見えた。夕闇だろうか朝日だろうか。夜と朝との間の秘められた時間の淵でしか見ることができないような深く赤みがかった青をしていた。スポーツカーだかトラックだかわからないような変なかたちの車。千尋はかつて車にうるさいボーイフレンドが世界で最も稀少な車「ブガッティ」について熱っぽく語っていたことを夢の中で思い出した。運転していたのは見覚えのない男だった。錆びた青いブガッティ。見ず知らずのその不機嫌な男は車のドアを開け、千尋はなぜか車の鍵をその男に投げた。朝なんだか夜なんだかわからない、湿った空気に覆われた不思議な時間だった。

男はハンドルを握りながら千尋に訊ねた。

――What is your day about?――今日は君にとって何の日なの？――

千尋は満面の笑みで即答した。

――I'm fine!――私はすっごく元気――

「君、面白い発音するね」男は錆びたブガッティを運転しながら苦笑した――そして千尋は目を覚ました。なにがアイムファインだ。この調子では英会話を一から勉強しなおさなければならない。What is your day about? そうだ、今日は何の日なのだ？　今日は何のために用意された日なのだ？

こうして十一月八日の木曜日はやってきた。

飛行機乗り、墜落す。雨の日にて

その日、雨はしとしとと降っていた。何の特徴もない雨の日だった。風が吹くわけでも雷が鳴るわけでもなく、小粒の雨は水面をしとしとと打っていた。僕があの日、墜落しなければ、この雨の日は永遠に記憶されることはなかったかもしれない。そんななんの変哲もない雨の日だった——けれど、それは突然にやってきた。僕はあれが何だったのか今でもわからない。雷だったのかも突風だったのかもしれなかった。空気は激烈に、なんの前触れもなく、僕の機体を切り裂いた。僕はそのとき、何かにぶつかったんだ。

僕は墜落した。空を飛ぶようになってから初めてのことだった。僕は飛行機から投げ出されて、まっさかさまに落ちて、雨が湧き出る灰色の空を自分の足先の向こうに見つめた。顔に細かくやさしい雨粒が当たった。破壊された機体の痕跡は、はるか上空に黒い煙を火傷のように残して、僕が飛行機から引き離されたことを鮮烈な残酷さで伝えていた。僕は空気を切り裂く光跡を残して、舞い落ちる機体の破片とともに限りなく地面に向かって落下していった。僕と飛行機の残骸はともに空気を切り裂いて落下していった。ずいぶん長い時間だったと思う。永遠に続くかと思われるほどに僕は長いあいだ落ちつづけていた。そして僕は濡れた緑の草地にたたきつけられたようだった。墜落の瞬間、すさまじい音がして、僕はすべての感覚を失った。僕の体は完全に壊滅した、そう思った――けれど僕はすぐに目を覚ました。なぜ僕が助かったのかわからない。僕が墜落した場所はなにかの動物の檻のようなところだった。木でできた柵があたりを丸く囲んでいて、朝なのか夜なのかわからないような空気があたりを満たしていた。ただ雨がとめどなくしとしとと降っていた。僕はぼんやりとあたりを眺めた。僕の横にはヒツジのつがいが血まみれでつぶれていた。なんて白くて美しく、なんて真っ赤な鮮血と肉をもったヒツジたちなんだろう。その毛は雪のように白くて、ふわふわとカールしていて、雨にぬれた光沢で一層美しく輝いていた。その二匹のヒツジは僕がいままで見たどんなものより無垢で愛らしかった。その美しい白い毛からは、まだ温かい血と肉が流れ落ちていて、雨と混じって暗い血の池をつくっていた。彼らは衝突の衝撃で透明な水晶をもつ美しい眼を飛びださせていたが、口元は満足したように白くふんわりと笑みをたたえて、まだ生きているかのようだった。僕は激しい悲壮に襲われ、どうしようもなくむせび泣いた。衝突の圧迫と殴りつけるような突然の悲しみに、呼吸が乱れて吐息は出口が見えないほどに縺《もつ》れた。僕はかれらを殺してしまったんだ。この世界でもっとも美しくもっとも愛らしいヒツジたちを僕は死に追いやった。ヒツジたちは恨むことを知らなかった。殺されたのにあなた達はなんでそんな満足そうな顔をするんだろう。だからこそ僕は誰よりも深く切り裂かれるような悲しみに打ちひしがれた。どうして死んでしまったんだ。こんな広い農園で、こんな広い大地で、どうして僕が墜落したその場所に、あなたたちのような無垢な白いヒツジがいなければならなかったんだ。どうしてそんなに突然に死んでしまったんだ。あまりにひどいじゃないか。僕が悲しむことくらい、あなたたちは十分すぎるくらいわかっていたはずなんだ。なのにどうして、僕のもとにはとどまってはくれなかったんだ。どうしてあなたたちは僕のもとにはとどまってくれなかったんだ。どうしてなんだ。

ヒツジたちのやわらかく白い毛のなかには、無数の割れたガラスの破片がちりばめられていた。その白い毛の奥にあるまだ熱をもったピンク色の肌は、ガラスの透明さと雨の露で、一層きらきらとそしてしっとりと輝いた。僕はそのとき僕の双眼鏡の一つの筒が完全につぶれているのを見つけた。双眼鏡のガラスはヒツジたちの肌を覆って、その死を悼んだ。そのとき僕は何か決定的なものを亡くしたことに気づいた。僕は片方だけ残されたレンズで遠くを見ようとした。けれどそこには凡庸な草地の風景しかなかった。遠くの森は見えなくなっていた。昔の森も見えなくなっていた。なぜこんな悲しい目に遭わなければならないのだろう。僕はもうあのデッドエンドの森には本当に戻れないんだ。僕はデッドエンドのただひとつの余韻だったこの双眼鏡をも喪ってしまったんだ。もう何も見えない。遠くも、近くも。僕をあの森へつなぎとめるものは、もうなにもなかった――ヒツジは死に、森は奪われた――僕はあの森に帰りたいと想った。本当に心から帰りたいと想った。あのすべての愛しくやわらかいものがあるあの甘い場所へ。僕はこの死んだ美しいヒツジを連れて帰りたかった。もう飛ぶことなんかやめて、あたたかくてやさしい白いヒツジを抱きしめて帰りたかった。これが空を飛ぶことの代償なのだろうか。代償？　こんな大切なものが何かと交換できるわけがないんだ。この美しいヒツジたちも、僕のデッドエンドも、何にも換えることなんてできないんだ。僕はやっぱり何かを喪った。これから空を飛ぶことで得られるすべてのあまりに美しいものでも決して換えることのできない何かを、僕は喪った。償うことも補うこともう決してできない。この美しい無垢なヒツジたちも、お父さんもお母さんも、けっして本当には生きかえることはないんだ。世界に払われた犠牲というのはそういうものだ。生贄がただの交換だなんて思ってはいけない。償えない、決して元に戻らないものを捧げるから、初めて何かが動くんだ。喪っていいものをあげたって、誰も僕となんか手を結んではくれない——なんて残酷なんだ！——世界が？　それとも、あなたが？——それとも僕自身が？——僕にはわからない。決してわからない。

その夜、僕は別の飛行機を見つけた。金属的に光る白い機体に青いラインが一本入った綺麗なセスナだった。僕はそれに乗った。それ以外、僕に何ができただろう？　もういちど空をふわりと浮く感覚をとりもどしたとき、ごくわずかな夜明けの光がたちこめて、壊れた檻のすきまから一匹の動物が出てゆくのが見えた。ひづめがある何かの動物だった。白くもなく黒くもなく、色がついているわけでもついていないわけでもなかった。その動物の瞳は、朝日に当たって深い緋色をしていた。美しく生命力のある目をしていた。僕はその姿を遠くから眺めた。

千尋、日射しに透けるコロナを飲むの巻

十一月八日はそうしてやってきた。結局千尋は何も見つけることができなかった。この日は早朝から図書館とインターネットで徹底的にブガッティがらみの資料にあたったが、全く何のヒントも得られず教授との面会時間になってしまった。千尋は元気に快活に面会しようとしたが、見つけられなかった一枚のことがあまりに心残りで、ほとんど沈痛と言っていい面持ちで教授の研究室に入っていった。笑顔も作り笑いのようなぎこちないものとなった。仕方ないので無理に笑顔を作るのはやめて、ひとつだけどうしても見つけられなかったこと、しかしそれ以外はすべて同定したことを粛々と報告した。そして一〇〇〇枚のぶつぶつの出自をまとめた三十ページ近い表を教授にぶっきらぼうに手渡した。日頃は成果を安易に誇張しがちな千尋で

あったが、あまりの疲労困憊と口惜しさで表情は沈んだままだった。ここはアメリカなのだからこういうときにはニコニコしなければならない。しかし見つからなかったことがやはりあまりに悲しかった。自分が落ち込んでいることに改めて気づかされ、仕方なく事実を述べることに終始した。口惜しい。本当に口惜しい。しかし千尋の報告を受け、教授はほとんど化け物をみるようにグレイトと連発した。

「すごい、よくやってくれたわ。こんなに徹底的にすべて見つけ出してくれるなんて思ってもみなかったわよ。すごいわ。でもたしかにひとつだけどうしても見つからないなんて気になるわよね！　何なのかしらね、これは。多少とも予想はつくの？」

「当初はぜったいにピサロだと思ったんですけど、よくわからないんです。今でも見るからにピサロだって思うんですけど、そうすると裏切られてしまうんですよ。だからといって他の画家のものにも見えないし。とにかく特徴がないんです。すごくどれよりも普通なんです。どこかで見たことがあるんじゃないかって、ここしばらくずっと思いつづけていたんですけど、どうしても見つからない。普通すぎることが唯一の特徴なんです。全力を尽くしたんですが分かりませんでした。すごく残念です。本当にどこにでもある、なんの変哲もないぶつぶつなんですけど」

「うーん、たしかにこれはよくわからないわね。どこにも手掛かりがない感じの図像よね。きっと切り取り方がこれだけ特殊だったのね。じゃあこの図像だけ貸出図書館のほうに調査の依頼を出しておきましょうか」

彼女はじつにあっさりと言った。それは十一月の澄んだ青空みたいに綺麗だった。こういう時、私はアメリカという国には決してかなうまいと思うのだ。あなたの発話は抱きしめたいほどステキだ。私がこの国を去ったとしても、あなたのその言葉は燦然と輝き続けるだろう。けれどその貸出図書館とやらはこの点描の出先を探りあてることなどできるのだろうか。半年間真剣に考えても尻尾の先すらつかめなかったあの点描を、ぽっと出の素人が探り当てることなどできるのだろうか。このとんでもなく普通のぶつぶつは、人知れぬ想いを抱えているのかもしれない。誰よりも過激で、誰よりも隠微で、誰よりも底知れぬ秘密を抱えもっているのかもしれない。誰よりも熱く、誰よりも深く、誰よりも壊れやすく、誰よりも自己犠牲的な愛をもっているのかもしれない。そんなものを素人がちょっと探したくらいで見つけられるというのだろうか。この半年間の苦行によって千尋に妙なプロ意識が芽生えつつあった。いや相手は図書館だ。侮ってはいけない。なにせ奴らは幽霊を飼っているのだ。しかもものすごく隠微な奴を。あの幽霊たちならまんまと見つけ出すに違いない。図書館の奥の奥に埋もれている忘れ去られた秘密を。地球の裏側にまで沈潜した声なき声を。遠く火星にまで飛んでいった熱い水の記憶を。彼らならぶつぶつの間に溜まる血の臭いをきっと嗅ぎつける。もう一度奴らと血まみれで交わろうか。いやあれだけはもうこりごりだ。私は全力を尽くした。確かにそうではないか。すさまじい勝率ではないか。これぞ横綱相撲。間違いなくこちらの大学院に来て千尋が成した遂げた最大の偉業である。日本からわざわざ来た甲斐があったというものだ。あっぱれ、あっぱれ。ハレルヤ、ハレルヤ。私の未来に、幸あれ。

千尋はすでに四年間暮らしたアメリカの田舎のアパートにブガッティとは程遠い垢抜けない車で帰った。二カ月見つめ続けた紙の上のぶつぶつは、もともとの地味さに拍車をかけて、くたびれたサラリーマンのように退色していた。そうだった、私はけっこう地味好みなのだ。苦笑だ。点描なんぞに惚れてしまって——そしてついぞ探り当てることができなかったぶつぶつを紙飛行機にして空に飛ばした。アメリカ南部の空はいつも青く、常緑のアカマツは深い緑をたたえて真っ直ぐに立っていた。すでに手垢がつくほど触り見つめたそのぶつぶつは、手によくなじんだ柔軟な紙質で熟練の飛行を見せつけ松林のなかに消えていった。のびのび育ったアメリカの松は盆栽と違ってとても大きい。

図書館しか知らないこんな子供にいったい何が分かるだろう。手は尽くした。すべてはもはや私の手を離れた。けれどぶつぶつよ、おまえは逃げおおせた。ときは満ちた。おまえは自由になった。さあ、この時代も場所も異なるアメリカの大地で思いのままに飛ぶがいい――目をつむると日差しの残像とも点描探しの職業病ともつかないぶつぶつが、瞼の奥で風に吹かれてちらちらと舞った。もう忘れなきゃ。私は負けたんだ。今日は黄色く輝く冷たいビールで敗戦を祝おう。この日のために冷やしておいたコロナは待ってましたとばかりにひんやりぴんぴん輝いた。栓を開ける音は軽快だった。無数の気泡が冬の初めの陽の光に透けて、嬉しそうにはじけた。アメリカの太陽。もっとも罪深く、もっとも美しい。この罪の支払いは日が暮れたらしよう。新月の今日、夜は長いのだから。

＊＊＊

その夜、飛行機乗りは白樺の林で祈った――わたしは今日ここまでやってきました。だれのおかげなのかも、なんのためなのかもわかりません。この並木がどこなのか、今がいつなのかもわかりません。しかしわたしはここまで生きのびてきたのです。それはあまりに美しいことでした。今日、この新月の夜、わたしはふたたび祈ります。空なんか飛ばなければいいと言う人もいるでしょう。けれど空を飛ぶのは、飛ばなければならないから飛ぶのです。一度だって飛ばなくてもいいことはなかった。わたしの存在にかけて誓います。決して一度も──今日、この新月の夜、このわたしの魂を満たし溶かし浸す闇のなかで、わたしはふたたび祈ります。わたしに真の祈りをお与えください。

その夜、千尋も祈った──非常に長く、そして非常に深く──ねえ、わたしはあなたに名前を与えることはできたかしら?

二〇二三年八月二十二日　ジョン・ラスキンの波間に

ブラックホールさんの今日この日

ブラックホール（英語：black hole）は、宇宙空間に存在する天体のうち、極めて高密度で、極端に重力が強いために物質だけでなく光さえ脱出することができない天体である。

そのひとには、やりのこしたことがあった。そのひとにはうらみがあった。そのひとにはいかりがあった。そのひとにはねたみがあった。それはむりもなかった。そのひとはしいたげられ、いうことをきいてもらえず、かろんじられ、きずつけられ、なにひとつのぞみがかなわなかった。みんなしんでしまえとおもった。

そしてそのひとは、みんなをばとうし、ぼうげんをはいた。むかしのうらみをわすれることができなかった。それでもそのひとは、みむきもされなかった。

そのひとはついに、みんなをさした。みんなをさしころした。みんなはなきさけんで、ちがとびちった。

そのひとはそうしてしけいになった。そのひとはしんだ。そしてもといたうちゅうにかえったとき、そのひとはブラックホールになった。

ブラックホールはべつのせかいにつうじていて、そのひとはいきかえることができた。でもむかしのうらみはわすれなかった。

そのひとにむかしさしころされたひとたちも、むねんさのあまり、ブラックホールになってしまった。

うちゅうにはブラックホールがたくさんできてしまった。

たくさんのブラックホールでうちゅうはひかりをうしないかけている。

ねえ、どうしたらいいの？　ねえ、どうしたらいいの？　ちきゅうがブラックホールにのみこまれないためには、どうしたらいいの？

あるわすれっぽいひとが、このれんさのくさりをぶつっとたちきった。そのひとはうちゅうからあいされていた。

なんてことしてくれるんだ、とブラックホールはげきどした。

あるわすれっぽいひとがいった。そんなこと、わたしがしましたっけ？　まあいいじゃないですか。今日わたしのいえにあそびにきませんか？　おもてなししますよ。あなたもむかし、そこにすんでいたってききましたよ。

え、そうなんですか、とブラックホールはいった。

そのわすれっぽくて、うちゅうからあいされているひとがいった。あなたもたいがい、わすれっぽいですね！

著者について——

加藤有希子（かとうゆきこ）　一九七六年横浜市に生まれる。デューク大学美術史視覚文化学科博士課程修了（Ph.D. Art History）。現在、埼玉大学大学院人文社会科学研究科准教授。専攻は美学、芸術論、色彩論。主な著書に、『新印象派のプラグマティズム——労働・衛生・医療』（三元社、二〇一二年）、『カラーセラピーと高度消費社会の信仰——ニューエイジ、スピリチュアル、自己啓発とは何か？』（サンガ、二〇一五年）などが、小説に、『クラウドジャーニー』（二〇二一年）、『黒でも白でもないものは』（二〇二三年、いずれも水声社）がある。

装幀——滝澤和子

オーバーラップ――飛行あるいは夢見ること

二〇二三年一〇月三〇日第一版第一刷印刷　二〇二三年一一月一〇日第一版第一刷発行

著者――加藤有希子

発行者――鈴木宏
発行所――株式会社水声社
東京都文京区小石川二―七―五　郵便番号一一二―〇〇〇二
電話〇三―三八一八―六〇四〇　FAX〇三―三八一八―二四三七
［編集部］横浜市港北区新吉田東一―七七―一七　郵便番号二二三―〇〇五八
電話〇四五―七一七―五三五六　FAX〇四五―七一七―五三五七
郵便振替〇〇一八〇―四―六五四一〇〇
URL : http://www.suiseisha.net

印刷・製本――精興社

ISBN978-4-8010-0762-8